Ene mene miste -
und DU liegst in der Kiste!

Wer langsam stirbt, hat unter Umständen länger was vom Leben!

Capitano

Rudi Hans Böhret

Ene mene miste -
und DU liegst in der Kiste!

Bibliografische Information der deutschen Nationalbibliothek
Die deutsche Nationalbibliothek verzeichnet diese Publikation in der
Deutschen Nationalbibliografie; detaillierte bibliografische Daten sind
im Internet über http://dnb.d-nb.de abrufbar.

Gesamtherstellung:
Herstellung und Verlag:
BoD - Books on Demand, Norderstedt
Umschlaggestaltung: Georg Zitzmann

Lektorat: Tobias Bumm

ISBN 978-3-7528-2364-6

Wenn Sie denn meinen, Sie müssten unbedingt höhnisch grinsen, zynisch lachen oder sich gar die Schamröte aus dem Gesicht wischen, dann tun Sie´s. Aber bitte auf eigene Gefahr auf den folgenden Seiten:

Antipasti

Alle verehrten Leser von „Ene mene mu - und tot bist DU!" kennen Giuseppe Caldofredo, kurz „Seppe" genannt, als Polizeichef in dem verschlafenen sizilianischen Kaff Pizzapiccola.

Nun sind inzwischen einige Jahre über diese bellissima isola Italiens gezogen und aus dem Commissario wurde der Capitano Caldofredo und damit Nachfolger von Vice Vestore De Brokkoli. In maßgeschneiderter Ausgehuniform von Carlo Lagerfeld. Zudem finden sich nun amtsbedingt sieben Patronen zusätzlich im Magazin seiner großkalibrigen Beretta. Dazu fünf paar Handschellen unterschiedlichen Armumfangs am Gürtel und ein Kilo Pfefferspray speziale in der Hosentasche, das jeden jähzornigen Bengal-Tiger zum zahmen Hauskätzchen werden lässt.

Natürlich trägt Seppe die Uniform mit den handgepressten Bügelfalten nur zu bedeutenden offiziellen Anlässen wie beispielsweise der Einweihung der neuen Rutsche auf dem Kinderspielplatz oder zum Pokalspiel des neunklassigen 1. GB (Grandebella) Pizzapiccola gegen Juventus Turin.

Sie erinnern sich bestimmt auch noch an seine Marotte, spätestens alle drei Stunden die Krawatte zu wechseln? Auch hier hat sich ein kleines neues Novum eingeschlichen: Inzwischen ist nämlich sein diesbezüglicher Fundus auf 648 dieser bunten Halsumschlinger angewachsen, was ihn befähigt, bereits nach 147 Minuten einen anderen umzubinden und selbst des Nachts ist er nicht gewillt, von dieser lieb gewonnenen Gewohnheit auch nur eine Zehenbreite abzuweichen.

Wobei wir endlich bei seiner Privatsphäre angekommen wären. Natürlich war Giuseppe auch hier nicht untätig. Als er vor fünf Jahren seine privilegierte Gespielin Mimicrema ehelichte, ließ er sich umgehend von seinem aufreibenden Dienst beurlauben, um sich ausschließlich seinen familiären Pflichten widmen zu können. Nicht nur wegen des üppig lockenden Kindergeldes zeugte er im steten Rhythmus insgesamt fünf allerliebste Paolos und Chiaras, ohne natürlich nebenbei die zahlreichen bevorzugt deutschsprachigen Touristinnen in Pizzapiccola zu vernachlässigen.

Sein Schwiegervater, der einzige Ferrari-Händler im 1.278 Seelen zählenden Ort, schenkte ihm als stolzer Opa vor Begeisterung gleich das neueste schadstoffbelastete Modell, damit Chefe di Polizia standesgemäß in der Kreisstadt Cefalù das Hundefutter für seinen psychisch angefressenen Dobermannrüden namens Adolfo einkaufen könne.

Ansonsten hat sich in Giuseppes Caldofredos Gewohnheiten jedoch nicht viel geändert. Nach wie vor genießt er auf der Terrasse von Giannis Cantina seinen im Eichenholzfass gereiften *Montepulciano d.o.c.g. Jahrgang 1938* und verschlingt in der Osteria „Mezzo Litre" seine Lieblingspizza *Tutti speciale con nove stazione.*

Doch das Verbrechen macht auch vor diesem beschaulichen Örtchen nicht Halt. Und so ist der Capitano todesmutig rund um die Uhr für seine Bürger im Einsatz und sei es auch nur mit einer blonden Brigitte, einer brünetten Annegret oder einer schwarzhaarigen Julia auf einem zerknautschten Bettlaken.

Ene mene miste -
und DU liegst in der Kiste!

Seit Tagen bereits stand Benedetto Pronto am Fenster und wartete ungeduldig auf den IHL-Zulieferer (die italienische Ausgabe von DHL). Er hatte nämlich bei Amazon per prime 38 Meter Gartenschlauch bestellt, mit dem er bei extremer Trockenheit in seinem Kleingarten die drei Radicchio-Salatköpfe gießen wollte.

Da! Soeben hielt mit quietschenden Bremsen der herbeigesehnte Paket-Transporter und zwei Mann schleppten ein langes Etwas zu seiner Haustüre.

„Mach endlich auf, Benedetto", rief der eine, der neben seinem Hauptberuf auch noch Schriftführer des örtlichen Meerschweinchen-Zuchtvereins war. „Was, um Himmels Willen, hast du denn da bestellt? Man hebt sich ja sämtliche Brüche."

„Nichts Besonderes", erwiderte Benedetto dem neugierigen Vereinskollegen. „Nur ein paar Gartengeräte."

„Na dann viel Spaß. Und nicht vergessen: Am Samstagabend in zwei Wochen ist unsere Jahreshauptversammlung bei Gianni."

Benedetto konnte es kaum abwarten, die Sendung auszupacken. Ungeduldig riss er den Karton auf. Doch zu seiner grenzenlosen Enttäuschung befand sich darin nicht der bestellte Wasserschlauch, sondern ein wildes Durcheinander aus langen und kurzen Spanholzplatten sowie Plastiktüten voller Dübel, Schrauben und Nägeln. Und obendrauf lag eine Beschreibung in vielerlei Sprachen.

Benedetto blätterte sich durch den dicken Band, bis er endlich auf die italienische Version stieß:

„Sark-Aufbauen-Ankleidung" stand da als Überschrift. Und dann ging es gerade so weiter. „Nehm lang Brett, dann kurz Brett und mach zusammen. Wenn lang Brett zu lang, hau es ab bis past. Klopf Diebel in Loch, dann gut. Mit Näkel Fest hauen, bis Sark fertig. Fiel verKnügen!"

Benedetto fluchte im ordinärsten Mafia-Sizilianisch. Sollte bei Amazon etwa ein blinder Logistiker seinen Auftrag bearbeitet haben oder hatte sich gar jemand aus seinem Bekanntenkreis einen üblen Scherz erlaubt und ihm eine Todesdrohung geschickt? Offensichtlich wollte man ihn doch tatsächlich ermuntern, sich seinen eigenen Sarg zu bauen. Für eine solche Schandtat fiel ihm auf Anhieb nur sein Zuchtkollege Maurizio ein, der es bis heute nicht verschmerzen konnte, dass es ihm als weltweit einzigem gelungen war, ein fünfbeiniges Meerschweinchen-Mädchen zu züchten. Na warte, der konnte was erleben!

Gleich am nächsten Morgen machte sich Benedetto daran, die „Sark"-Bretter zusammenzufügen. Es war ein äußerst mühsames Unterfangen. Denn einmal waren tatsächlich die Bretter zu lang, dann die vorgebohrten Löcher für die Dübel zu eng. Aber nach einer Woche Schwerstarbeit war es geschafft. Er warf ein Kopfkissen in den primitiven Holzkasten und legte sich für ein gemütliches Probe-Sterben hinein. Bald war er eingeschlafen.

Zwei Wochen später fand bei ´Gianni´ die anberaumte Generalversammlung des bekannten Meerschweinchen-Zuchtvereins ´Hüpf drauf!´ statt.

Als um 20.30 Uhr Kassier Benedetto Pronto immer noch nicht erschienen war, entschied der Vorsitzende, nicht länger zu warten und eröffnete die Sitzung ohne ihn und seinen Rechenschaftsbericht.

Benedetto erschien weder an diesem Abend in der Vereinskneipe noch holte er in den nächsten Tagen seine „Di Giorno" aus dem Briefkasten. Als er auch seinem Nachbarn Enrico auf sein Klingeln hin nicht die Tür öffnete, begab sich dieser leicht besorgt zur örtlichen Polizeistation, wo Capitano Caldofredo soeben damit beschäftigt war, pünktlich seine Krawatte zu wechseln.

„Du musst kommen, Giuseppe, ich glaube mit Benedetto stimmt etwas nicht!"

Seppe lud seine Beretta durch, befestigte sein Handschellen-Arsenal am Hosengürtel und steckte das Smartphone ins Halfter. Sein Dienst-Ferrari zukkelte ihn samt Agente Papagallo in rekordverdächtigen 4,3 Sekunden in die Strada del Buffo.

„Tritt die Tür ein, Papagallo", befahl er und stürmte todesmutig ins Wohnzimmer.

„Hier stinkt´s ja ganz gewaltig", kombinierte er wie üblich scharfsinnig. Damit lag der Capitano gar nicht so falsch, denn die ganze Wohnung durchdrang in der Tat ein übler Geruch.

„Ich will mich auf der Stelle in die 87-jährige Signora Composta verlieben, wenn da keine Leiche rumgammelt", brummte er. „Was ist denn das für eine Heimwerker-Holzkiste, Papagallo? Zugenagelt und mit einem Paketaufkleber drauf. Los, sieh mal nach!" wies er seinen Mitarbeiter an.

Der Agente wuchtete die Kiste mit einem Stemmeisen, das er immer am Gürtel mit sich führte, auf. Fast wäre ihm vor Verblüffung der Deckel aus der Hand gefallen, denn darin lag friedlich schlummernd der allseits bekannte und beliebte Benedetto Pronto.

„Benedetto, lass die Scherze!", fuhr ihn Seppe an. „Los steh auf. Es ist noch zu früh für ein Nickerchen."

Doch dann entdeckte er auf dem Bauch des Schlafenden ein Meerschweinchen mit sechs Beinen und daneben einen Zettel, auf dem mit zittriger Handschrift gekritzelt war:

„Ene mene miste
und DU liegst du in der Kiste!
Jetzt haben m e i n e Schweinchen
sechs wunderschöne Beinchen.
Schade. Diesmal hast du das kürzere Beinchen gezogen! Dein sehr erfolgreicher Züchterkollege Maurizio Demballa, Corso Pesce 13."

Der verbohrte Zahnarzt

Auch wenn er beim Golfen eine Niete hoch drei ist und deshalb ein extrem mieses Handicap mit sich rumschleppt - eines muss man ihm lassen: Als Zahnreißer ist er ein absolutes Ass!

Tag für Tag absolviert er seine dreizehn Stunden in der Praxis und steht dennoch geistig voll im Saft. Wie der Gynäkologe, der seine Patientinnen sozusagen in- und auswendig kennt, so hat auch Dottore Mario De Tenaglia das Zahnschema jedes seiner Kunden stets bildlich vor Augen. Und wenn er von einem auf der Straße freundlich gegrüßt wird, so erwidert er gerne mit der fachlich interessierten Frage: „Was macht eigentlich dein links-oben-drei?"

Natürlich leidet bei seinen dreiundachtzig Lenzen auf dem leicht gekrümmten Buckel manches bei der Ausführung. Fällt ihm beispielsweise die Reiß-Zange aus der Hand, muss er den Patienten höflich bitten, diese doch wieder vom Boden aufzuheben. Das Rheuma hat ihn nun mal fest am Wickel und so wischt er das Instrument der Leiden anschließend einfach an seinem ehemals weißen Kittel ab. Das Zittern seiner rechten Arbeitshand führt gelegentlich auch dazu, dass er im Rahmen der Behandlung den eigentlich fitten Nachbarzahn erwischt. Dafür ist er dann allerdings bei der Liquidation stets korrekt und berechnet statt zwei nur einen Eingriff.

Nicht nur der recht einträgliche Job - schließlich kommt jeder normale Mensch mit zweiunddreißig

Zähnen auf die Welt - lässt ihn begeistert täglich in die Praxis streben. Nein, da wartet ja auch noch Anna-Maria, seine nicht nur beruflich tüchtige, sondern auch sonst recht umtriebige Assistentin. Und genau auf letzteren Umstand ist wohl der *Unfall* am heutigen Vormittag zurückzuführen.

Eigentlich begann ja alles völlig normal, wenn man davon absieht, dass sich AMK-Kassenpatient (Allgemeine Mafia-Kasse) Armando Citadella mit schmerzverzerrtem Antlitz auf seinem Stuhl wand.

Die Frage „Na, was fehlt uns denn, Armando?" hätte sich der Herr über zwanzig Zangen und zweihundert Tupfer eigentlich sparen können, denn der Patient war schon mit reichlich angeschwollener Backe erschienen.

„Dottore, machen Sie mit dem abgefaulten Kerl was Sie wollen, aber befreien Sie mich endlich von diesen grässlichen Schmerzen!"

„Null Problemo", beruhigte ihn De Tinaglia. „Wir geben dir eine Spritze und danach werden wir ein bisschen bohren."

Gesagt, getan. Anna-Maria beugte sich über ihn und hielt seinen Kopf mit den Händen, wobei sie ihm einen tiefen Einblick in ihre BH-freie Bluse bis zum Bauchnabel gönnte. Normalerweise hätte man diese Sonderbehandlung als *gefährliche Zusatzversorgung* mit auf die Rechnung setzen müssen.

Der Dottore zitterte die Nadel in das angeschwollene Fleisch und verabreichte ihm eine Dosis, die selbst einen Sumo-Ringer nebst Kampfrichter auf die Matte geschickt hätte. Danach drapierte er zehn Watte-Tupfer in Armandos Mundtaschen und fragte:

„Na, wo geht es denn diesmal hin in Urlaub?"

„Grrrrr…..Grcchchchch…Grchchchchchc…" nahm der Gefragte röchelnd Anlauf.

„Ah, du fährst nach Griechenland. Schön!" nuschelte der Herr über sämtliche Weisheitszähne und zwickte ihn testweise in die Backe.

„Ich glaube, wir können anfangen", wandte er sich an Anna-Maria. „Reich mir bitte den Gewinde-Bohrer Nr. 3, du weißt schon, diesen mit der Diamantspitze."

Und da passierte es. Die Bohrmaschine in der Rechten, versuchte nebenbei seine linke Hand den strumpfhalterbewehrten Oberschenkel seiner schnuckeligen Assistentin zu tätscheln, wobei er aber über das ausgestreckte Bein von Armando Citadella stolperte. Und in ebendieses fraß sich mit diabolischer Gewalt der besagte Bohrer Nr. 3 mit Diamantspitze.

Da der Patient aber ausnahmsweise an dieser sensiblen Körperstelle nicht örtlich betäubt war, fiel er unverzüglich unter wilden Zuckungen in tiefe Ohnmacht.

Als er aus dieser nach drei Stunden trotz des eingeflößten Liters Grappa d.o.g.c. (Honorarliste Nr. 43 d) immer noch nicht erwacht war, blieb dem Dottore keine andere Wahl, als den Ersthelfer Pietro Sangue vom IRK (Italienischen Roten Kreuz) zu verständigen. Dieser fühlte den im Zeitabstand von acht Minuten vor sich hin stolpernden Puls des Verletzten und schüttelte traurig den Kopf. „Zu spät, Dottore. Armando ist fast kaputt, wie man nur fast kaputt sein kann. Na ja, bei dieser Fahne! Ich muss jetzt den Capitano und den Leichenbeschauer anfunken."

Zum Glück hatte sich Giuseppe soeben im Büro eine neue Krawatte umgebunden, denn halb nackt konnte er schließlich keinen mutmaßlichen Unfall mit Todesfolge aufklären.

„Was für eine schicke Krawatte", begrüßte ihn denn auch Stuhl- und Bett-Assistentin Anna-Maria mit inniger Umarmung, wobei sich ihr Minirock noch höher schob.

Doch zu seinem Leidwesen hatte Seppe jetzt keine Zeit für ihren rot-weiß karierten Seiden-Stringtanga Größe 31, denn Dienst ist Dienst. Und da war er äußerst konsequent. So strich er schweren Herzens nur so im Vorübergehen über ihre wirklich sehenswerte Po-Ebene und wandte sich dann dem auffällig erbleichten Armando zu.

Schon auf den ersten Blick hatte der erfahrene Beamte die Tatwaffe realisiert. Zwar stand das abschließende Obduktionsergebnis noch aus. Aber dass am Bohrer Nr. 3 im Laufe der Jahrzehnte die Diamantspitze heftig Rost angesetzt hatte, das wäre sogar einem Halbäugigen aufgefallen. Deshalb fiel seine kompetente Diagnose auch ohne kriminaltechnische Untersuchung eindeutig aus: Tod durch rasant fortschreitende Blutvergiftung.

In der Urne unter Bäumen
lässt es sich behaglich träumen

Schon lange war sich Ronaldo Mistrale darüber im Klaren, dass seine werte Verwandtschaft ihn im Falle des Ablebens am liebsten wie einen Hund und dazu noch mit 50 Prozent Bio-Rabatt von der Tierkörperbeseitigungsanstalt Palermo entsorgen lassen würde. Doch dem wollte er rechtzeitig entgegenwirken, schließlich war die Bande ja rattenscharf auf sein Vermögen: Die Villa mit dreiundvierzig Gemächern sowie achtundzwanzig Bädern in einem zwanzig-Hektar-Park direkt am Meer gelegen. Ganz zu schweigen von seinem Schmusekätzchen Mirabella, auf deren 28-jährigen Verwöhn-Body sein Taugenichts-Neffe Caravallo schon längst nicht nur sein Auge geworfen hatte.

Da fiel ihm bei der allmorgendlichen Zeitungslektüre eine Anzeigen-Beilage auf, die in originell gereimter Weise für Urnen-Grabstätten inmitten eines Privatwaldes warb. Er schnitt die Annonce aus, um sich in einer ungestörten Stunde damit beschäftigen und wohlmöglich wegweisend entscheiden zu können.

Diese Gelegenheit bot sich an, als die ganze Sippschaft zu einem Golfturnier in Abu Dhabi aufbrach und er sich völlig allein gelassen um seine Lebensführung kümmern durfte.

Der Bestattungswald ganz in der Nähe seines Heimatortes Pizzapiccola lag nur 768 Meter von seinem

Besitz entfernt, sodass er sich notfalls sogar zu Fuß zu seiner letzten Ruhestätte aufmachen konnte.

Als ersten Schritt durfte man sich laut Werbeschrift die Grablegung unter folgenden Bäumen aussuchen:

      Buche (Hain)
      Buche (rot)
      Ahorn (Fächer)
      Kirsche (sauer)
      Esche (Eber)
      Apfel (Golden Delicious)
      Birne (Helene)
      Olive (Extra Origine)

Auch für die Urne boten sich zahlreiche Wahlmöglichkeiten:

      Steingut braun (mit weißen Blümchen - mit dem Fuße gemalt)
      Echt Meißner Porzellan (Original-Signatur)
      Edelstahl (garantiert rostfrei)
      Messinglegierung (maulwurfresistent)
      Silber (Stempelglanz mit verstärktem und abschließbarem Deckel)

Sogar an den Transfer vom Krematorium zur Grabstätte hatte man gedacht: „Economy" oder „Business-Class".

Als weitere Extras wurden offeriert:

      Musikuntermalung bei der Trauerfeier (wahlweise „Atemlos" oder „Du hast mich tausendmal betrogen")

Blumenschmuck (natur oder Kunststoff)

Baum-Schild mit Hinweis auf den Bodeninhalt (Namen incl. etwaigem Pseudonym, Auszeichnungen zu Lebzeiten, bei Vereinen, politische Gesinnung, Vorstrafen, Anzahl der offiziellen und verdeckten Liebschaften).
Aber auch originelle Sprüche wie zum Beispiel *Munter immer runter!* oder *Deck´ dich gut zu!*

Buchungen seien sowohl persönlich als auch online gegen eine bescheidene Anzahlung von 85 Prozent möglich (Warteliste). Alle Kreditkarten oder bar.

Bereits am nächsten Tag traf Ronaldo Mistrale seine Auswahl und bestellte bei dieser honorigen Firma *„Bis bald im Wald!"* per Post seine Wunschliegestätte plus sämtlich angekreuzten Nebenleistungen. Und dies, obwohl er eigentlich zeitlebens eine tiefe Abneigung gegen allzu große Hitze hegte. Aber die einzige Alternative zum Krematorium bot sich nun mal nur als Erdbestattung und das wollte er sich nun doch nicht antun. Seine diesbezügliche letztwillige Verfügung hinterlegte er beim Notar seines Vertrauens.
Ein dummer Zufall wollte es, dass er bereits kurz nach dieser wegweisenden Entscheidung sämtliche Löffel abgab, als er unglücklich beim Aufsuchen seines dreistöckigen Weinkellers auf einem Champagnerkorken des Barons de Rothschild ausrutschte und sich den rechten Lungenflügel brach.

In dieser misslichen Situation wurde er erst nach zehn Tagen von seinem fünftältesten Sohn entdeckt, der - um die Leiden seines Lieblingsvaters zu beenden - ihm per Eichenholzbutten eine mittelschwere Schädelfraktur zufügte, worauf Ronaldo endgültig sein Leben aushauchte.

Natürlich erfuhr auch die örtliche Polizeistation von diesem tragischen Unglücksfall und so machte sich der Capitano Caldofredo samt Trauerflor an seinem Ferrari und dunkelvioletter Krawatte auf den Weg zum Trauerhaus.

Misstrauisch, wie er nun einmal von Geburt an war, verlangte er die Urne in Augenschein zu nehmen, bevor sie dem Willen des Verblichenen entsprechend im Privatwald beigesetzt wurde.

Seppe ließ die Urne durch die vor Trauer und Schmerz völlig indisponierten Angehörigen öffnen und den Inhalt auf eine sowieso schon verschmutzte Hundedecke ausleeren.

Als er sah, dass sich zwischen der Asche auch ein Apfelbutzen, mehrere Eierschalen sowie ein Champagnerkorken befanden, kreisten seine kleinen grauen Gehirnzellen wie ein Ventilator.

Signore Mistrale war keines natürlichen Todes gestorben, so wahr er 648 Krawatten im Schrank hängen hatte!

Sofort wies er am handgeschmiedeten Telefon Caporale Tuttipasti an, sämtliche sich im Ersatzteillager auf Halde befindlichen Handschellen mitzubringen, denn die an seinem Hosengürtel befindlichen fünf

Paar würden für die Festnahme dieser pauschal verdächtigen Mordgesellen nicht ausreichen. Er und seine zwei Mitarbeiter benötigten schließlich dreiundzwanzig Minuten, um die komplette Trauermannschaft korrekt zu beschellen und zu der Streifenwagenflotte zu geleiten. Und wieder war ein schwieriger Kriminalfall kompromisslos gelöst.

Pilze sind wie Menschen - manche sind ungenießbar

Allegra Rumore hatte die Schnauze voll. Voll bis zur Halskrause. Seit fünfzehn Jahren, drei Monaten und elf Tagen war sie mit diesem Versager Matteo Rumore laut Standesamt Lasagnegrande verehelicht und genauso lange bereute sie dieses folgenschwere Ja-Wort. Das war nämlich das allerletzte Mal, dass sie auch etwas zu sagen hatte.

Bereits kurz nach der Hochzeit offenbarte ihr Gemahl sein wahres Gesicht. Hatte er doch in Wahrheit nur eine Haushaltshilfe, sprich Putzfrau, Köchin, Wäscherin, Büglerin und in streng limitierten Ausnahmefällen eine preiswerte Freudendame gesucht und gefunden.

Der gelernte Fleischer mit den derben Pranken eines Maurergesellen wollte eigentlich nur in Ruhe die restlichen fünfzig Jahre seines Lebens im Suff, an der Pizzeria um die Ecke oder vor der Glotze verbringen. Sollte die Alte doch mal sehen, wie sie zurechtkam. Denn die Stütze vom Staat reichte gerade mal so, seinen beträchtlichen Vino-, Grappa- und Bierkonsum zu finanzieren. Um nicht zu verhungern, hatte Allegra bereits zwei Putzstellen angenommen; dazwischen räumte sie noch bei *Eurospin,* das ist der größte italienische Discounter, Waren in die Regale.

Immer wenn sie von der Arbeit erschöpft nach Hause kam, lag ihr Angetrauter faul auf dem Sofa, gab seine sachkundigen Kommentare zu irgendeinem Kick der Serie A und bediente sich aus den Rotweinpullen, die in Reichweite deponiert waren. Und wenn er sie überhaupt mal zur Kenntnis nahm, dann nur um sie anzuraunzen „Hol mal den Verdauungs-Schnaps aus dem Kühlbunker, aber presto, presto!"

Allegra hatte aus reiner Verzweiflung bei der örtlichen Filiale von Eurospin mit dem neuen Marktleiter angebändelt, denn sie war trotz aller Entbehrungen immer noch ein recht knuspriges Weibchen, das auch noch körperliche Bedürfnisse hatte. Für ein total neues Leben zu zweit, wie sie es sich seit Jahren erträumte, musste sie aber erst den werten Gatten loswerden.

Sie wusste, dass Matteo gerne Pilze aß. Also fuhr sie mit ihrem heimlichen Discountverehrer Favorito in ein nahe gelegenes Wäldchen. Dort machte sich das Paar, das von den essbaren Früchten des Waldes so viel Ahnung hatte wie ein Kurzsichtiger von einem Hardcore-Video, auf die Suche nach leckeren Bestandteilen eines optisch ansprechenden Pilz-Ragouts. Vor allem ein Prachtexemplar – rot mit weißen Tupfen – stach ihnen verführerisch ins Auge. Gemischt mit ein paar anderen Sorten, bei denen es sich vermutlich um Steinpilze und Pfifferlinge handelte, legten sie es behutsam in einen Korb.

Kaum zu Hause, machte sich Allegra sofort in der Küche zu schaffen. Sie konnte es kaum erwarten, ihrem Gemahl die geernteten Köstlichkeiten aufzutischen. Sie zerkleinerte sie, würzte sie mit Chili und briet sie mit reichlich Knoblauch und Petersilie in bestem Olivenöl in einer großen Pfanne an. Der Duft verbreitete sich in der ganzen Wohnung, sogar bis zum Sofa im Wohnzimmer, wo sich Matteo gerade voll konzentriert seinen Hobbys hingab. „Bekomme ich vielleicht gnädigst bald was zum Fressen?" sabberte er und wälzte sich schwergewichtig vom durchgelegenen Sofa.

„Aber ja, Liebster. Wir hatten heute Waldmischpilze im Angebot." Allegra deckte den Tisch und stellte die Pfanne auf den Tisch. „Das ist alles für dich. Ich weiß doch, wie gerne du Pilzragout magst."

Matteo knurrte zustimmend und schlang den kompletten Pfanneninhalt gierig in sich hinein, denn in wenigen Minuten wurde das Spiel Juventus Turin gegen AC Roma angepfiffen und das konnte er sich schließlich als ausgewiesener Fußballexperte nicht entgehen lassen.

Satt wie ein Huhn, bevor es von der Stange fällt, rollte sich der Herr des Hauses wieder auf seine Liegestätte und wartete auf die sportliche Delikatesse.

Nach einer Viertelstunde erreichte er gerade noch rechtzeitig die Toilette. Ihm war urplötzlich hundeelend. Nach fünf weiteren Minuten schaffte er es mit schmerzverzerrtem Gesicht zurück auf die Couch. Aber seine weit aufgerissenen Augen waren schon glasig und sein Mund schäumte wie nach einer halben Tube *Blendax Spearmint.*

Allegra stand vor ihm und beobachtete ihn interessiert. „Na, wie sind dir denn die Pilze bekommen, mein Romeo?" heuchelte sie besorgt. „Es wird sich doch wohl nicht etwa aus Versehen ein klitzekleines

Fliegenpilzchen ins köstliche Ragout verirrt haben? Aber das ist doch noch lange kein Grund zur Aufregung. Und falls es dich beruhigt: Den Leichenbeschauer habe ich bereits verständigt. Übrigens hat dein Lieblingsclub AS Roma soeben mit 2:3 verloren. Bleib trotzdem cool und stirb mal schön. Dann sehen wir weiter!"

Als die vom Arzt alarmierte Kripo-Mannschaft um Capitano Giuseppe Caldofredo am Tatort eintraf, war Allegra Rumore samt ihrem Discount-Lover buchstäblich bereits über alle Berge. Natürlich hatten sie sich in weiser Voraussicht gefälschte Pässe besorgt und so landeten sie als Signore und Signora De Cappalo am nächsten Tag bestens gelaunt in Havanna, wo sie zu einer heißen Samba in ihr neues, gemeinsames Leben tanzten.

Keine Spur von Krawatte
fünf-drei-sieben

Natürlich war Giuseppe „Seppe" Caldofredo schon aufgrund seiner stattlichen Erscheinung (1,85/90), seiner sizilianisch total untypischen Trump-blonden Haare und seines unwiderstehlichen Charmes geradezu prädestiniert, die höhere Polizeilaufbahn einzuschlagen. Aber den Ausschlag gab letztendlich seine äußerst korrekte Kleidung, wobei sich die stetig wechselnden Krawatten noch hervortaten.

Seine Marotte, jeweils spätestens nach 147 Minuten diese Halszierde zu wechseln, war weit über die Grenze der größten Insel Italiens hinaus bekannt.

So verwunderte es nicht, dass er anlässlich seiner Vermählung mit Mimicrema Spagati zu dem bereits vorhandenen stattlichen Vorrat von 500 Krawatten noch weitere 148 in Geschenkverpackung erhielt.

Die exklusiv-seidenen Kleidungszubehörteile sind in einem eigens angefertigten, maßgetreuen Schrank aus deutscher Eiche verwahrt. Damit das edle Material im Lauf der Zeit keinen Schaden nimmt, herrscht im Inneren eine konstante Temperatur von 12 Grad Celsius. Das Gehäuse ist mit einer 14-stelligen Zahlenkombination gesichert, die nur Seppe kennt.

Umso unerklärlicher ist es, dass an diesem sonnigen 13. Juni, als der Capitano sich nach langem Überlegen für Krawatte Nummer fünf-drei-sieben entschieden hatte, sich diese nicht an ihrem angestammten Platz im Eichenschrank befand.

Vor Schreck erlitt Giuseppe einen zehnminütigen Schluckauf-Anfall. Wie konnte so etwas passieren? Ausgerechnet heute, wo er sich doch für den Abend mit der rassigen und figurbetonten Tochter des Bürgermeisters für eine tiefgreifende Zeugenvernehmung im Motel ´Da Presenza´ verabredet hatte. Mimicrema war mit den Kindern über Nacht bei der Verwandtschaft, sodass seine intensiven dienstlichen Überstunden nicht auffallen würden.

Hatte er etwa beim Aufräumen nach dem letzten Besuch bei Gianni, der erst nach drei Litern seines geliebten Montepulciano Jahrgang 1938 aus dem Barrique-Fässchen endete, den Überblick verloren und die Krawatte falsch erhängt? Doch alles Suchen blieb erfolglos und so musste sich Seppe notgedrungen mit Krawatte Nummer vier-eins-sechs behelfen, bei deren Motiv mit populierenden Eseln allerdings auch schon manche Signorina sämtliche Hemmungen inklusive Dessous abgelegt hatte. Aber gleich morgen früh würde er die Witterung aufnehmen und seinen kompletten Mitarbeiterstab mit der Fahndung nach fünf-drei-sieben beauftragen.

Trotz all dieser negativen Vorzeichen wurde der Abend, der sich bis in den tiefen Morgen erstreckte, ein voller Erfolg. Auch Carlotta Vesuvo, so hieß die lavablütige Zeugin, konnte seinen grandiosen Vernehmungsmethoden und den Eselsvorbildern nicht lange widerstehen und unterschrieb beim Frühstück völlig erschöpft und willenlos das von Seppe ausgefertigte Protokoll.

Auch noch auf dem Weg zum Kommissariat, wo er etwas verfrüht bereits um 10.30 Uhr eintraf, ließ sich die abgängige Krawatte nicht aus seinen Gedanken bannen. Sofort schickte er seine Männer los und schärfte ihnen ein, keinen Autositz, kein Boot, keinen Eisenbahnwaggon, kein Bankschließfach, keinen Kinosessel und keinen Karnickelstall bei der intensiven Suche auszulassen.

Gegen 13.58 Uhr meldete sich Agente Papagallo in strammer Haltung und mit strahlender Miene vom Außendienst erfolggekrönt zurück. Am Halsband zog er einen gefährlich knurrenden Doggenrüden mit Stockmaß 1,48 Meter hinter sich her.

„Chef, hier haben wir den Dieb!", strahlte der Beamte bis zu den Ohren. „Ich melde hiermit: Krawatte fünf-drei-sieben ziemlich unbeschadet zurück!" Und tatsächlich: Das Halsband war in Wirklichkeit Seppes verzweifelt gesuchte Krawatte.

Der Capitano umarmte voll Dankbarkeit seinen Mitarbeiter und die Krawatte und versprach ihm sofortige Beförderung. Danach wurde umgehend der Besitzer des räudigen Köters ermittelt, der sich erdreistet hatte, sein wertvolles Kleidungsstück zu verunglimpfen. Es handelte sich um den Gelegenheitsarbeiter Bruno Ladro, der jedoch glaubhaft versicherte, der habe die Krawatte von dem hochverehrten Signore Caldofredo beim gestrigen Pokerspiel gewonnen. Da bei diesem, wie bereits vorhin erwähnt, infolge reichlich vino tinto-Genusses mehrere Sicherungen durchgebrannt waren, wurde von einer hohen Haftstrafe des Ladro abgesehen. Stattdessen durfte sich die Dogge sogar über ein Schnitzel Milanese à la Gianni freuen.

Zu Hause aber sortierte Seppe zärtlich seine so schmerzlich vermisste Nummer fünf-drei-sieben wieder zwischen die fünf-drei-sechs und fünf-drei-acht ein und musste sich dabei tatsächlich eine doppelte Träne der Rührung verdrücken.

Schweine sind zum Schlachten da

„Sie Gauner, Sie elender Betrüger, Sie Halsabschneider!", brüllte Domenico Tutti-Merde mit sich überschlagender Stimme in die völlig unschuldige Sprechmuschel der italienischen Telekom.

„Meine kompletten Ersparnisse sind futsch. Und weshalb? Weil ich auf Ihr Gesäusel von wegen Zinserträgen aus einer anderen Welt hörte und vertraute. Die erzielten Zinsen sind wirklich aus einer anderen Welt: Der Unterwelt. Und von wegen keinerlei Risiko bei Aktienkäufen. Sie haben mich regelrecht beraubt, Sie… Sie… Sie… Wenn ich Sie in die Finger bekomme, mache ich Hackfleisch aus Ihrem Bumsbody!"

„Jetzt bleiben Sie mal ganz cool, Signore", versuchte sich Rocco Moltobene zwischen den Wutanfall seines Klienten zu drängen. „Sie wollten schließlich den bestmöglichen Ertrag. Astronomische Wunschvorstellungen hatten Sie. Ich hatte Ihnen ja noch von den geforderten Transaktionen abgeraten, aber Ihre Gier war geradezu unersättlich. Ich kann jedoch gerne bei Ihnen vorbeikommen, dann können wir alles nochmals in Ruhe besprechen und durchrechnen."

Zum besseren Verständnis: Rocco Moltobene wurde erst vor kurzem zum erfolgreichsten Anlageberater der Insel gewählt, weil er in der Lage ist, dank inbrünstiger Überzeugungskraft jedem Interessenten sogar chinesische Aktien für peruanisches Katzenfutter unterzujubeln. Und sein Kunde, um den es hier geht, ist Alleininhaber der größten italienischen Fabrik für männliche Schlüpfer mit rückwärtigem Eingriff. Die enorme Nachfrage nach solchen Unikaten hat Domenico Tutti-Merde zu einem solch vermögenden Mann gemacht, dass er nicht nur über eine der schönsten Immobilien in Taormina verfügt, sondern ihm auch die Torhüter von drei Erstligafußball-Vereinen, zwei Edelyachten vor Monte Carlo sowie zwei Edelbordelle für Mafiabosse in Palermo gehören. Silvio B. lädt ihn regelmäßig zu seinen U 15 Bunga-Bunga-Partys ein und wenn Pavarotti in Ravenna „Am Brunnen vor dem Tore" singt, sitzt er in der ersten Reihe.

„Okay, Sie stehen um 20 Uhr bei mir auf der Matte und Gnade Ihnen Trump, wenn Sie keine stichhaltigen Gründe für Ihr Versagen vorzubringen haben!" Damit knallte Domenico Tutti-Merde den Hörer derart heftig auf die Gabel, dass seine Sekretärin - so läufig wie blond - ins Chefbüro stürzte und ängstlich fragte: „Is´ was passiert Bärchen?"

„Und ob was passiert ist", schrie der Herr der Unterhosen mit Eingriff. „Dieser Moltobene hat mich ruiniert. Und dabei hatte ich dich extra noch an ihn ausgeliehen, um bessere Konditionen zu erhalten."

Brustata Trado drängte sich auf seinen Schoß und versuchte ihn mit ihren BH-befreiten Brüsten aufzuspießen. „Beruhige dich doch, Bärchen, das wird schon wieder werden. Soll ich vielleicht nochmals nett mit ihm reden?"

„Untersteh dich, du Flittchen. Und überhaupt: Es hat sich ausgebärt, Blondy. Los, verschwinde jetzt, ich muss nachdenken."

Pünktlich um 20 Uhr klingelte es an der Tutti-Merdeschen Luxusvilla. Moltobene hatte seinen Rolls Royce auf der Parkauffahrt abgestellt und brachte als nette Geste einen Sechser-Karton *Veuve Cliquot Jahrgangschampagner 1957* mit. Richtig betrachtet, hatte diesen sowieso Tutti-Merde finanziert.

Der Hausherr empfing ihn in der Diele, die das Ausmaß von drei Tennisplätzen hat. „Wir bleiben lieber hier, Sie haben ja total verdreckte Schuhe", brummte er. „Kommen wir gleich zum Geschäftlichen. Also was ist nun, ersetzen Sie mir den erlittenen Schaden oder nicht?" Dabei glotzte der blanke Irrsinn aus seinen Augen.

„Aber mein Lieber", versuchte ihn Rocco Moltobene zu besänftigen.

„Ich bin nicht Ihr Lieber, Sie Edelgangster", entgegnete Tutti-Merde außer sich. „Mein letztes Wort: Sind Sie bereit, für die Verluste geradezustehen? Wenn nicht, kommen Sie hier lebend nicht mehr raus. Sie werden dann für all Ihre Sünden bluten!"

Nun reichte es aber auch dem Superaktienhändler. „Was, Sie wollen mir drohen, Sie Dreiviertelportion?" schleuderte ihm Rocco zynisch entgegen. „Sie fallen ja schon um, wenn ich Sie nur anhauche. Und was mir Brustata alles über Sie verraten hat, Sie Kleinigkeitenaktionär!"

Das war endgültig zu viel für Tutti-Merde. Er riss eine hinter der Couch verborgene Machete der Exklusivmarke „Solingen rostfrei" hervor und stürzte sich wie eine seit Monaten auf Diät gesetzte Hyäne auf Moltobene. Mit einem preisverdächtigen Schlag zerfetzte er dessen Kehle, ohne dass dieser noch ein-

mal durchatmen konnte. Rocco fiel auf den Fliesen-
boden, während sein Blut mit fünf Sekundenliter aus
der schrecklichen Wunde schoss.

Tutti-Merde hatte bereits vorher in weiser Voraussicht sämtliche Berber-Teppiche entfernt und in der
angrenzenden Bibliothek gelagert. Er entschied sich
für einen echten, mit der linken Hand geknüpften Af-
ghanen (Auktionspreis 98.248 Euro), in den er die
Moltobene-Leiche einwickelte und sie zur Mülltonne
schleppte.

Dann kehrte er in die Diele zurück und wisch-
te sorgfältig die hässlichen Blutspuren vom Boden.
„Du blutest tatsächlich wie ein frisch geschlachtetes
Schwein", grunzte er schweißtriefend und keuchend
vor Anstrengung und kippte sich ein Glas vom Wit-
wen-Jahrgangschampagner hinter die Binde.

Nun wieder völlig entspannt griff er anschließend
zum Handy und säuselte: „Du darfst gerne noch auf
ein paar Stündchen vorbeikommen, Blondy."

„Tut mir wirklich ganz schrecklich Leid, Bärchen.
Aber ich habe vor fünf Minuten meine Tage bekommen." Im Hintergrund wurde dieser Aussage von einer zweifellos männlichen Stimme wiehernd wider-
sprochen.

Capitano Giuseppe Caldofredo, Chef der Kriminalpolizei von Pizzapiccola, erfuhr erst eine Woche
später von dem abscheulichen Gemetzel. Und auch
dies nur durch den glücklichen Umstand, dass der
örtliche Müllplatzaufseher Baratista Emilio zwischen
zwei verrosteten Fahrrädern, einem platten Fußball
sowie einem Espresso-Vollautomaten eine männli-

che Leiche entdeckte. Oder besser das, was noch von ihr übrig war. Anhand von Fingerabdrücken am linken Ohr und der Unterhose des Opfers mit rückwärtigem Eingriff war es für Giuseppe jedoch ein Kinderspiel, den Täter zu entlarven.

Im Grunde genommen hatte sich Domenico Tutti-Merde seine eigene Gefängniszelle dadurch gebaut, dass er nicht auf ordnungsgemäße Mülltrennung achtete. Hätte er nämlich den Leichnam nicht beim Restmüll, sondern in der Bio-Tonne entsorgt, wäre dieser inmitten von Kompost, Spaghettiresten und Orangenschalen niemandem aufgefallen. Aber zwischen verrosteten Fahrrädern.....

So konnte ihn der Capitano nur mit einem seiner preisgekrönten Zweizeiler trösten:

Übertrittst du das Gesetz,

bekommst du deine Quittung jetz´.

Ein erschrockener Blick auf die Uhr zeigte ihm, dass sein Krawattenwechsel eigentlich bereits überfällig war und so hetzte er den Ferrari zwangsläufig mit 173 km/h durch die verkehrsberuhigte Fußgängerzone.

Tatwaffe Mundgeruch

Augusto Tagliatelle will im Gegensatz zur Mehrheit der unaufgeklärten, übergewichtigen und unterqualifizierten Mitmenschen ein gesundes Leben führen. Frei von all den störenden Einflüssen wie Acht-Stunden-Tag, Ehefesseln, Einheitsmode oder Wettsaufen im Freundeskreis.

Er kann es sich erlauben, ist er doch selbständiger Restaurator von gebrauchten Weinflaschenkorken. Sein stressiger Tagesablauf ist geprägt von gesundheitsbewussten Aktionen wie zwei Stunden Frühsport, dreißig Minuten Schwimmen im Whirlpool, an fünf Wochentagen Muskel-Training im Fitness-Studio, zweimonatlich abends Golf und vierteljährlich einmal Sex (gekauft).

Doch das Sahnehäubchen im sprichwörtlichen Sinne ist Augustos Ernährung. Nicht Vegetarier, sondern Veganer in höchster Potenz. Selbst die Gulaschabbildung auf einer Konservendose bereitet ihm bereits heftigen Brechreiz. Generell spricht ja auch gegen Fleischkonsum, dass schlachthofreife Kühe auf der grünen Wiese an extremen Blähungen leiden, wodurch sie nachhaltig zum Klimawandel weltweit beitragen. Und über diverse Witze, das Essen betreffend, ist ihm sowieso jedes Lächeln fremd. So fand er zum Beispiel den folgenden Beitrag eines fleischabstinenten Sportkameraden überhaupt nicht witzig. Sagt der Ober im Restaurant zum Gast: ´Heute kann ich Ihnen Zunge empfehlen, mein Herr.´ Worauf dieser erwidert: ´Um Gottes Willen, ich mag doch nichts, was ein anderer schon im Mund hatte. Wissen Sie was, bringen Sie mir bitte Eier!´

Also, Bio Bio über alles! Tagliatelles Auto fährt Bio-Diesel, sein Schlafanzug ist aus Bio-Schafwolle gehäkelt, das Klopapier aus wiederverwertetem hochwertigem Bio-Papierabfall (ausgenommen BILD-Zeitung) und sogar im Bordell besteht er auf ein Bio-Kondom.

Dieser selbst ernannte Gesundheitsapostel kocht meistens selbst. Und wie in der mediterranen Küche selbstverständlich, steht neben Pasta und extra nativem Olivenöl Knoblauch dabei an erster Stelle. Augusto Tagliatelle kauft seine Knollen daher im Großmarkt ein, wobei ein Zentner des wertvollen Gemüses pro Monat keine Seltenheit darstellt.

Pro Tag dreißig roh verzehrte Knoblauchzehen fördern das Gedächtnis und regeln die Verdauung. Aus Gründen der letzteren spült er jedes Mal mit einem halben Liter Grappa nach. Nun kann sich selbst ein Mensch mit unterirdischem IQ ausmalen, wie diese Kombination sich in körperlichen Ausdünstungen (bevorzugt beim Mundgeruch) niederschlägt.

Dabei fällt es ihm selbst gar nicht auf, wenn ihm die Leute beim Einkauf im Aldi Siziliano an der Kasse höflich den Vortritt lassen. Im Sportstudio findet er immer ein freies Trainingsgerät, im Wartezimmer des Zahnarztes wird er stets als Erster aufgerufen, im Kino hat er die Loge für sich ganz alleine, selbst im Schwimmbad bleiben die Bahnen neben ihm frei. An seinem Wohnort Fettucine ist er ob seiner besonderen *Ausstrahlung* natürlich bekannt wie ein lilafarbener Köter. Geht er abends in seiner Stammkneipe eine Flasche Wein trinken (wobei er stets den Korken diskret in seiner Jackentasche zwecks häuslicher Bearbeitung verschwinden lässt), bringt der Kellner bereits nach kurzer Zeit die Rechnung. Selbst die käuflichen Damen in Messina beschleunigen das Liebes-Tempo und drehen ihm den Rücken zu. Doch der Liebhaber aller Knoblauchzehen ist so sehr seinem extremen Gesundheitswahn verfallen, dass er gar nicht auf die Idee käme, bei ihm könnte etwas nicht stimmen. Erst bei einer routinemäßigen Polizeikontrolle wurde beim Atemtest ein vielfach erhöhter CO_2-Ausstoß ermittelt und ihm auferlegt, eine Plakette Euro 10 an der Autoscheibe anzubringen.

An diesem Freitagabend, seinem Namenstag, entschloss sich Augusto, endlich mal die neue Disco im benachbarten Lasagnegrande aufzusuchen. Bereits beim ersten Tanzversuch wahrte die von ihm Auserwählte einen Mindestabstand von 8,37 Metern. Trotz dieser Vorsichtsmaßnahme fiel sie jedoch bereits nach 38 Sekunden ins tiefe Koma. Zum Glück war Caporal Tuttipasti, Giuseppe Caldofredos polizeilicher Untertan, anwesend, der sofort eine Mundzu-Mund-Beatmung begann. Nachdem diese Erste-Hilfe-Aktion vergebens war, musste er zwangsläufig seines Amtes walten und Tagliatelle in Gewahrsam nehmen. Das Gericht verurteilte diesen wegen gefährlicher Körperverletzung und zum Knoblauch-Entzug in einer Einzelzelle.

Halbes Mädchen vom Grill

Sizilien unterscheidet sich in mancherlei Hinsicht in keinster Weise von anderen Landstrichen. Auch hier genießt der Feierabend absolute Priorität. Und vor allem der Freitag zählt ab 16 Uhr zur garantiert arbeitsfreien Zone. Sogar für den Polizeichef der Kripo in Pizzapiccola. Denn genauso wie jeden anderen Hartarbeitenden drängt es ihn nach Abkehr von unnützem Schriftkram, Aktenvernichtung und Waffenpflege in Richtung Ehefrau samt Familie.

Deshalb gilt auch - beziehungsweise ganz besonders - für Capitano Giuseppe Caldofredo: Krawatte vom Hals, ab unter die Dusche, Krawatte wieder dran, dann eine halbe Stunde Breitwandflimmerkiste bei *Nur die Liebe zählt,* danach zu Gianni auf zwei Liter Montepulciano aus dem Barrique-Fässchen zum Anwärmen, bevor es per Ferrari IGT in die U 20-Disco in Lasagnegrande abgeht. Denn selbstverständlich wacht sein stets präsentes Auge auch über dieses Etablissement für Halbwüchsige und jung gebliebene Ausgewachsene. Und nach der Disco wird man sehen, was oder welche sich ergibt.

Auf jeden Fall ein Abend ohne Fall. Keine eifersüchtigen und mordlüsternen Ehefrauen, hinterhältig betrogene Sparstrumpfbesitzer und gesichtsverpflasterte Schutzgeldeintreiber. Nein, dieser Restfreitag gehört „Seppe" ganz alleine. Heute wird er das *für besondere Anerkennung dienstlicher Leistungen* von dankbaren Bürgern vereinnahmte Trinkgeld in Höhe von 134,86 Euro seinem gedachten Zweck zuführen und hemmungs- sowie bedenkenlos auf den Kopf hauen.

Auch wenn es gerade an seiner Wohnungstüre Orkan klingelt und seine im freizügigen Bademantel gewandete Ehe-Signora Mimicrema öffnen geht. Vermutlich wieder mal der obligatorische ´Wachtturm´-Chefinformatiker der Zeugen Jehovas. Oder ein Abonnentenwerber für das *Ragazzi i Papagalli*-Aufklärungs-Blättchen.

Verdammt, noch nicht mal in der dienstfreien Zeit kann man sich in Ruhe eine scharfe Ausgeh-Krawatte umgürten. Caldofredo warf eine Drei-Euro-Münze wie der Schiedsrichter bei der Platzwahl für *Kopf oder Zahl* bis zur Zimmerdecke und das Konterfei von Silvio Berlusconi ließ sein angeborenes Berufsethos über das geplante dolce far niente siegen.

„Seppe, Besuch für dich", flötete Mimicrema und führte ein schluchzendes und vom Schock geschütteltes Paar aus dem späten Mittelalter herein, das mit allerletzter Kraft den Weg zum Sofa schaffte.

„Capitano, Sie müssen uns helfen", stammelte der zirka 63 Jahre und fünf Monate alte Mann. „Jemand hat versucht, unsere Tochter umzubringen. Sie liegt mit Verbrennungen siebten Grades im Unfallkrankenhaus von Messina. Die berittene Polizei haben wir offiziell noch nicht verständigt. Wir wollten zuerst mit Ihnen als Fachmann reden. Ihre Adresse haben wir von einer Ihrer begeisterten Mitbürgerinnen bekommen."

Bei so viel Ehrfurcht vor seinen außerirdischen Fähigkeiten verabschiedete sich Giuseppe Caldofredo mit Tränen in den Augen von seiner fest verplanten Disco-Night und bestieg zusammen mit dem fix-und-foxi-Elternpaar deren beengten Audi A 8 Quattro.

Deren allerliebstes Töchterlein auf der Unfallstation des Kreiskrankenhauses sah in der Tat recht *knusprig* aus. Ihr bestimmt ehemals Louvre-hübsches Antlitz inklusive Mona-Lisa-Lächeln war wie von Windpocken übersät mit Hitzepickeln und Pusteln. An den meisten Stellen hatte sich sogar die Haut abgelöst wie bei einem frisch skalpierten Indianer auf dem Kriegspfad. Unter der Bettdecke konnte man den in aluminierter Brandfolie leider verhüllten, aber bestimmt makellosen Oberkörper erahnen.

„Bitte erzählen Sie, Signorina", versuchte der Capitano die junge Ex-Schönheit zu beruhigen. „Wer hat versucht, Sie dermaßen zu begrillen?"

„Sandro, mein Freund, hat mich erwischt, wie ich mit einem Arbeitskollegen rumknutschte. Wir hatten eine Firmenfeier und ein paar Gläschen Prosecco getrunken. Mamma mia, da ist doch nichts dabei. Ich lebe doch nicht bei den Nonnen. Aber dieser krankhaft eifersüchtige Mistkerl schwor mir Rache. Ich würde nur ihm gehören und sonst keinem. Er, Sandro, würde schon dafür sorgen, dass mich kein fremder Typ in nächster Zeit mehr anschaut. Ich habe mir aber nichts dabei gedacht, weil er schon des Öfteren ausgerastet ist.

Wie jeden Freitag ging ich ins Bräunungsstudio „abbronzato", welches ohne Personal und nur mit Automaten betrieben wird. Ich warf meine Münzen ein, zog die Folie über die Liegefläche, stellte den Schalter auf eine Viertelstunde und legte mich wie gewohnt nackt unter das Solarium. Dabei muss ich eingenickt sein. Aber das wäre ja an sich nicht tragisch, da die künstliche Jamaika-Sonne sich nach Ablauf der eingestellten Zeit normalerweise automatisch abschaltet.

Ich wachte erst wieder auf, als es im Gesicht, am Busen und auf den Schenkeln glühend heiß brannte. Krebsrot überall. Genauso muss sich wohl ein Hähnchen unter dem Infrarot-Grill fühlen. Ich schrie vor Schmerzen, während ich gerade noch sehen konnte, wie draußen mein Ex-Freund die Fliege machte. Er musste das Solarium auf die Höchststufe eingestellt haben. Ich hörte ihn nur noch vor Wut brüllen: Jedes Mal, wenn du in den Spiegel schaust, wirst du an mich denken, du Flittchen!"

Chiara, so heißt das bedauernswerte Grillgut, fing erbarmungswürdig an zu weinen. „Es wird mindestens Monate dauern, bis alles verheilt ist und sich eine neue Hautschicht gebildet hat. Vermutlich bleiben auch Narben zurück. Mit dem Kerl bin ich auf ewig fertig. Bitte, Capitano, sorgen Sie dafür, dass dieses Miststück aus dem Verkehr gezogen wird."

Nun, aus dem Verkehr mit dieser Bedauernswerten würde Seppe den Ex-Liebhaber ganz bestimmt ziehen, so wahr er der Vice Vestore des Polizeibezirks Halto Ätna ist.

„Dazu nur eine Frage, Signorina Chiara: Trug Sandro Handschuhe?"

„Nein, daran hat er wohl in seinem Zorn nicht gedacht."

„Dann sitzt er schon so gut wie sicher im Felsen-Zuchthaus von Syracus, oder passender gesagt: Er schmort dort vor sich hin", triumphierte Caldofredo. „Lupenreine Fingerabdrücke. Das ist geradezu ein Azubi-Fall für meine Tatütata-Kollegen. Laut Strafgesetzbuch mindestens *gefährliche Körperverletzungen an hervorstechenden weiblichen Merkmalen.* Und ein saftiges Schmerzensgeld obendrein. Auch er wird sich also noch recht lange an Sie erinnern, Signorina."

„Und ich werde wohl in nächster Zukunft schweren Herzens auf mein Leibgericht *Halbes Grillhähnchen* verzichten", hatte die Gepeinigte schon ihren Humor zurückgewonnen.

Seppe drückte ihr zum Abschied einen beruhigenden minutenlangen Kuss auf die zum Glück heil gebliebenen Lippen, sodass sein Freitagabend wenigstens nicht völlig sinnlos geopfert war.

Der ungebremste Ferrari

„Und es wird eine große Dürre kommen!", rief der Prophet auf dem Berg der Seligpreisung den andächtigen Zuhörern zu.

Mit diesem sinngemäßen Spruch aus der Bibel verkündete bereits vor zweitausend Jahren Radio Palästina seinen Wetterbericht. Was aber an diesem sonnengefluteten Junitag auf Capitano Giuseppe Caldofredo während seiner knapp bemessenen Mittagspause von lediglich einhundertfünfzig Minuten im „Mezzo Litre" zuschritt - oder besser gesagt zuschwebte - war beileibe keine Dürre, sondern eine rundum wohlproportionierte Lady und sie bescherte ihm ein absolutes HOCH.

Naturblond, was er gedankenschnell anhand der ebenfalls getünchten Augenbrauen kombinierte, Beine bis zu den Lungenflügeln und Hüften, sie sich im Rhythmus des leichten Sommerlüftchens wiegten wie volltrunkene Blätter am Lindenbaum vor dem Kneipeneingang.

Als sie seinen Terrassen-Tisch in ihrem schmalen weißen Fransen-Schal um die herrlich geformten Oberschenkelchen erreicht hatte, sprach sie ihn mit einem überwältigenden Augenaufschlag an: „Habe ich die Ehre mit dem Polizeipräsidenten dieser reizenden Stadt?"

Nun war die Bezeichnung „Stadt" für ein Kaff mit gerade mal 1.287 Katholiken plus 3.784 Haustieren wohl leicht überzogen, aber Seppe akzeptierte das Kompliment mit einem huldvollen Kopfnicken.

Er erhob sich mit weichgespülten Knien und schob der Außerirdischen einen Stuhl unter den Po, bei dessen Anblick der gleichnamige Fluss im Norden Italiens bestimmt vor Neid abgesoffen wäre.

„Was darf ich für Sie tun, Signora?" krächzte er mit einer Stimme, die ihn vor Erregung in die Stimmbruchzeit zurückversetzte.

„Signorina", verbesserte sie ihn. „Signorina Carmella di Luna aus Taormina."

Sofort überschlug Giuseppe, wie lange er wohl dorthin mit seinem Dienstwagen benötigen würde, um sie mit einem Höflichkeitsbesuch zu überraschen.

„Ich habe eine spezielle Bitte, die vermutlich nur Sie erfüllen können. Wie ich hörte, haben Sie hier am Ort das Ferrari-Monopol. Über Ihren Schwiegerpapa wären Sie aber ermächtigt, Bestellungen auch in ausgefallener Form entgegenzunehmen."

Nun muss man wissen, dass Giuseppe tatsächlich als Einziger auf der Gemarkung von Pizzapiccola ein Auto dieser privilegierten Marke lenken darf. Andererseits hatte er sich während seiner fünfjährigen Familiengründungsphase nebenbei als Marketingbeauftragter in Sachen PKW-Handel für Mimicremas Papa betätigt. Mit überwältigendem Erfolg. 2.113 Ferrari-Bestellungen gingen in dieser Zeit ein. Allesamt ausschließlich von Damen zwischen Palermo und Messina, die sich Seppes Verkaufsargumenten willen- und oftmals auch hüllenlos hingaben.

„Null Problemo, Signorina", antwortete daher Seppe. „Ich und Ferrari erfüllen Ihnen alle nur denkbaren Wünsche."

„Molto bene, ich habe mich nämlich für das Sport-Cabrio *Alto-Turbo* mit 636 PS und extra geräumiger Rückbank entschieden. Bei der Lackierung muss ich auf gelborange mit blauen Wellenlinien bestehen. Der Preis spielt keine Rolle. Können Sie mir ein solches Modell beschaffen, Capitano?"

„Es gibt kein Modell, das ich noch nicht geschafft hätte", blinzelte ihr Seppe eindeutig zweideutig zu. „Aber dennoch würde ich Sie gerne vorher zu einer Spritzfahrt mit meinem bescheidenen Oldtimer einladen, damit Sie sich schon etwas mit der Technik vertraut machen können."

Gesagt, getan. Der Beamte in Leitungsfunktion gürtete sich aus seinem Notfallkoffer noch schnell eine dem Anlass angemessene orangefarbene Krawatte mit weißen Karos um und ließ die Kundin in spe am Steuer Platz nehmen.

Er dirigierte sie auf die fast ausgestorbene Landstraße zwischen Pizzapiccola und dem Nachbarort Lasagnegrande. Diese kurvenreiche Strecke stellte das exakte Ebenbild seiner Beifahrerin dar. Vor einem kleinen Waldstück bat er sie, in den nur für Forstfahrzeuge freien Weg einzufahren, um sie ungestört in die verborgenen Feinheiten seines Pkw einweisen zu können. Der Pfad endete nach einigen Metern vor einer steil abfallenden Felswand.

In der Abgeschiedenheit des Waldes konnte Seppe sich in natura vom rassigen Chassis der Kaufinteressentin überzeugen, das der Formgebung des Traum-Cabrios in nichts nachstand. Signorina Carmella di Luna stöhnte sich denn auch bald in Seppes erfahrenen Armen von Höhepunkt zu Höhepunkt und konnte sich praxisnah davon überzeugen, dass der Rücksitzbereich des Wagens absolut ausreichend war.

Es war danach nur noch reine Formsache, dass die Signorina mit bebenden Händen das Bestellformular für den Wunsch-Ferrari unterschrieb.

„Lass uns zurückfahren, Seppe", hauchte sie ihm ins Ohr und schmiegte sich in vollem Körpereinsatz an ihn. Noch immer leicht benommen, legte sie versehentlich den Vorwärtsgang ein und rollte bedrohlich auf den Abhang zu.

„Bremsen, Carmella, bremsen!" schrie Seppe, „wir stürzen sonst ab."

Doch so sehr sich die neue Ferrari-Kundin auch abmühte - der Wagen fuhr unaufhaltsam und ungebremst weiter.

Aber Giuseppe Caldofredo wäre kein hoher Polizeioffizier, wenn er nicht auch solchen Situationen gewachsen wäre. Mit einem doppelten Salto samt halber Schraube stürzte er sich olympiareif ins Freie und rettete Carmella an ihrem preiswürdigen Fahrgestell aus der fahrenden Karosse. Während er bei ihr noch mit seiner unnachahmlichen Mund-zu-Mund-Beatmung beschäftigt war, hörte man aus der Tiefe einen lauten Aufprall, als sein treuer Dienst-Ferrari unwiederbringlich zerschellte.

Irgendjemand musste wohl von ihrem eindringlichen Verkaufsgespräch inklusive Carmellas Fremdliegen erfahren haben und versuchte, sich an den beiden Akteuren nachhaltig zu rächen. Der zuständige Gerichtsmediziner stellte auch tatsächlich per Röntgenaufnahme am Totalschaden fest, dass an der Bremsanlage gefummelt worden war. Anstelle der hochwertigen Bremsflüssigkeit war nämlich gepantschter Fusel eingetrichtert worden. Außerdem konnte an der Motorhaube ein Fußabdruck ermittelt werden, der jedoch beim Abgleich mit den Fingerabdrücken aus der Banditenkartei keinen Erfolg brachte, sodass der oder die Täter leider unerkannt blieben.

Seppes Wagen war in Anbetracht seines gefahrvollen Jobs selbstverständlich überversichert, sodass er sogar noch ein zusätzliches Taschengeld einstreichen konnte. Ein neues Fahrzeug würde bereits in zwei Tagen bei Schwiegerpapa Fausto bereitstehen. Das einzige Manko war, dass er das Hundefutter nun während dieser Zeit mit Mimicremas Fiat Punto einkaufen und im Einsatz auf dem Beifahrersitz neben Agente Papagallos Alpha Romeo Platz nehmen musste.

Nicht jeder kann Picasso sein

Giancarlo Hallodri besuchte die 10. Klasse der Realschule in Cefalù immerhin drei Mal, weil er in die Brüste und die Taille seiner Biologie-Lehrerin bis zum Wahnsinn verschossen war. Als er schließlich die Abschlussklasse verließ, zählte er also bereits neunzehn Lenze. Man sieht schon daran, dass er seinen Namen durchaus zu Recht trägt.

Giancarlo war zwar in Mathe eine glatte Null, aber im Fach Kunsterziehung dafür vergleichsweise ein Lionel Messi. So tolerierte es sein Lehrer, dass er - während seine Mitschüler unbewohnbare Häuser und welkende Blumen malten - grüne Pferde mit drei Beinen oder zwei Köpfen zu Papier brachte. Bald gehörte ihm gar die Bewunderung seiner Kameraden, als diese erfuhren, dass bei dem Hallodri die hübschesten Mädels als Aktmodell Schlange standen.

„Ciancarlo, du hast das Zeug, Kunst zu studieren. Es wäre echt schade, wenn dein Talent vor die Hunde ginge", war denn auch die ehrliche Meinung seines Fachlehrers.

Doch sein Vater hatte Größeres mit ihm vor. Und so stand er schließlich bei Alfa Romeo am Montageband und drehte immer die fünf gleichen Schrauben an immer denselben Automodellen fest. Bei siebenhundertachtundzwanzig Pkw am Tag. Das ergibt 3.640 Schrauben pro Woche und 14.560 im Monat. Doch am Feierabend verdrängte er diese *Alfa-Sport*-Schrauben und griff stattdessen zu Pinsel, Tusche und

Farben. In der Bücherei von Pizzapiccola lieh er sich alle dort vorrätigen Kunstbildbände aus und vertiefte sich in die meisterlichen Werke der Impressionisten und Expressionisten.

Im Sommerurlaub besuchte er erstmalig seinen Onkel Marco O. Vendetta, der in Palermo eine Kunsthandlung betrieb. Dieser war nicht wenig überrascht, über welche Fachkenntnisse sein Neffe in diesem jugendlichen Alter bereits verfügte und als er ihm den Tipp gab, doch mal aus Spaß einen Van Gogh abzumalen („Alle später berühmten Künstler haben zu Beginn von anderen abgekupfert, um daraus zu lernen"), hatte er damit bei Giancarlo geradezu eine künstlerische Explosion ausgelöst.

Dieser verschanzte sich fortan stundenlang hinter seiner Staffelei und produzierte Kopien, die selbst erfahrene Kunden seines Onkels in Erstaunen versetzten. Dieser jedoch war nicht nur kunstverständig, sondern in erster Linie auch recht geschäftstüchtig und so konnte es nicht ausbleiben, dass er Giancarlo eines Tages folgendes Angebot unterbreitete: „Du lässt ab sofort deine blödsinnige Schraubendreherei sein und steigst bei mir mit ein. Kost und Logis frei und von jedem verkauften Bild bekommst du anteilig zehn Prozent als Honorar."

Gesagt, getan. Giancarlo Hallodri konnte sein Glück kaum fassen. Er verlagerte seinen Wohnsitz in die Mafiahochburg Palermo und Onkel Marco stellte ihm einen kleinen Nebenraum seines Geschäftes als Atelier inklusive sämtlicher Malutensilien zur Verfügung.

Bald sprach es sich in der Kunstszene wie ein Lauffeuer herum, dass man bei Marco O. Vendetta längst verschollen geglaubte oder total unbekannte Werke großer Meister der Kunstgeschichte relativ preisgünstig erwerben könne. Und da Giancarlo auch ein wahres Händchen dafür hatte, seine Ölgemälde und Tuschezeichnungen auf alt zu trimmen, fielen sogar anerkannte Kunstexperten auf seine Tricks herein. Nebenbei übte er auch fleißig, die Originalsignaturen seiner berühmten Vorbilder nachzuahmen. Und so rieb sich Onkel Marco die gierigen Hände und bei Hallodri sammelten sich Bild um Bild bald hübsche Sümmchen auf dem Guthabenkonto an.

Erfolg durch Betrug spornt an, wie der junge Kunstmaler aus dem Dieselskandal lernen konnte, und so stieg Giancarlo quasi aus der Kreisklasse in die Champions League auf, indem er sich jetzt auf Kopien von Legenden wie Renoir, Cezanne, Toulouse-Lautrec und Picasso spezialisierte. Zudem wechselten angeblich völlig wertlose Ladenhüter, die der clevere Marco O. Vendetta beispielsweise aus Haushaltsauflösungen vom Dachboden seniler Politiker-Witwen für eine Pizza Margherita erwarb, originalsigniert zu Uli Hoeneß-Gagen die Besitzer.

An diesem Freitag, den 13. Juli, um 10.32 Uhr klingelte bei Giuseppe Caldofredo das Telefon. „Buon Giorno, Capitano", hatte er die Stimme des polizeigewaltigen Präsidenten von ganz Sizilien an der Strippe. „Möchten Sie gerne ein Urlaubswochenende auf Staatskosten in Palermo verbringen? Nehmen Sie auch gerne Ihre Gattin Mimicrema mit. Erstens fällt es weniger auf, wenn Sie als Paar auftreten. Des Weiteren ist mir zu Ohren gekommen, dass sie auf dem Gebiet der edlen Kunst nicht ganz unerfahren sei. Es geht konkret um folgendes: Ministerialdirektor Dottore Luca Di Moneta vom Finanzministerium möchte zwecks Karriereförderung seinem Vorgesetzten zum 60. Geburtstag ein möglichst auffälliges Präsent überreichen. Und da hat er über allerlei Kanäle von einer Kunsthandlung in Palermo erfahren, die zu relativ erschwinglichen Preisen Werke bekannter Meister verhökern soll. Irgendwie beschleicht mich dabei ein ungutes Gefühl. Giuseppe, ich möchte, dass Sie beide inkognito Nachforschungen anstellen. Es wäre schließlich fatal, wenn ein zukünftiger Staatssekretär seinem Gönner und Förderer in aller Öffentlichkeit unter Anwesenheit sämtlicher Medien womöglich eine Fälschung unterjubelt. Deshalb: Füllen Sie doch gleich Ihren Dienstreiseantrag aus und bringen Sie ihn bei mir persönlich vorbei. Die Sache bleibt nämlich unter uns, verstanden?"

Und so machte sich denn Seppe gemeinsam mit seiner Angetrauten im Dienst-Ferrari auf gen Palermo, nicht ohne in weiser Voraussicht drei Ersatzreifen, zwei Ersatzlenkräder sowie ein Dutzend Wechselkrawatten im Handgepäck mitzuführen.

Sie mieteten sich standesgemäß im *Hotel Grande Palazzo* ein, wo der Präsident für sie eine Suite mit fließend Wasser und Krawattenbügelautomat hatte reservieren lassen. Nach einem ausgiebigen Genuss des Nachtlebens wollten sie gleich am nächsten Morgen die Ermittlungen aufnehmen.

Die Kunsthandlung Vendetta war leicht zu finden und so stellten sich die Beiden dem Chef des Hauses als Kaufinteressenten für einen echten, aber bezahlbaren, Picasso vor.

„Hier könnte ich Ihnen einen ganz besonderen Knüller empfehlen", flüsterte der genauso geschäftstüchtige wie gewinnstrebende Marco O. Vendetta hinter vorgehaltener Hand, wobei er sich vorsichtig nach allen Seiten umsah. „Ein Spätwerk des Künstlers mit dem Titel ´Miranda mit weißer Nelke auf rotem Sofa´. Ölgemälde, handsigniert aus dem Jahre 1947. Ich würde Ihnen als Kunstkenner natürlich auch einen besonders guten Preis nennen, den Sie aber unbedingt für sich behalten müssten. Ich verlasse mich da ganz auf Ihre Seriosität. Für 242.339 Euro bei Barzahlung könnte ich Ihnen das Kunstwerk überlassen. Sie werden zugeben: Ein absoluter Schnäppchenpreis. Ein Angebot, das Sie bestimmt zu schätzen wissen."

Der Capitano in geheimer Mission betrachtete Picassos fortgeschrittenes Werk sehr genau. Auf Anhieb konnte er jedoch weder Auffälliges an der Nackedei noch an der Nelke entdecken. Sie kennen ja bestimmt die Eigenheiten im Malstil des Meisters, wenn ihm immer wieder die korrekten Proportionen total entglitten. Zum Beispiel dreieckiges Gesicht, linkes Ohr am rechten Busen, rechtes Bein in direktem Kontakt mit dem linken Auge usw.

Auf den tatsächlichen Fauxpas brachte ihn jedoch ausgerechnet sein holdes Weib Mimicrema, die nach der Hauptschule ein halbes Semester Kunst studiert hatte. Sie nahm ihn auf die Seite und sagte leise: „Schau doch mal, Seppe, echt lustig. Die Signorina Miranda besitzt doch tatsächlich drei Brüste. Man könnte direkt neidisch werden."

Nun kann man ja Picasso in Bezug auf die menschliche Anatomie alles Mögliche und Unmögliche unterstellen. Dass er - wie erwähnt - Körperteile dort ansiedelte, wo sie weiß Gott überhaupt nichts zu suchen hatten. Aber verzählt hat er sich dabei nie.

„Drei Brüste? Unmöglich bei Picasso", belehrte deshalb auch der nur eingeschränkt sachkundige Kriminalist seine Frau.

„Jetzt zähl doch mal mit, Seppe. Eine Brust unter der linken Achselhöhle, eine an der Hüfte und zum dritten hier noch eine an der rechten Kniescheibe. Echt cool, der Pablo!"

„Madonna mia", staunte der Inkognito-Beamte und lobte sie: „Du bist ja ein richtiges Kunst-Ass." Dann bat er den Lieferanten aller Kunst-Schnäppchen herbei.

„Signore, schauen Sie selbst", sagte er zu Marco O. Vendetta. „Ihre Miranda hat auf diesem Gemälde drei Brüste. Ich möchte aber auf jeden Fall nur zwei davon bezahlen. Auch wenn nach Ihrer Behauptung dies ein handsigniertes Original sein soll - dieser Picasso ist garantiert eine Fälschung! Wer hat Ihnen denn diesen Schund aufgeschwätzt? Ach übrigens, dürfen wir uns vorstellen: Capitano Caldofredo, Leiter der Kriminalpolizei von Pizzapiccola und meine Gattin Mimicrema."

„Giancarlo, komm sofort hierher", befahl der Herrscher über sämtliche ´Original alte Meister´ Palermos seinen Neffen herbei. „Dein Vater hatte Recht. Im Rechnen bist du `ne absolute Null. Du kannst ja noch nicht mal auf zwei zählen."

„Aber Talent haben Sie zweifellos, junger Mann. Alle Achtung! Und wenn Ihnen dann im Knast noch jemand ein wenig Nachhilfe in Mathe gibt, kann aus Ihnen später zumindest noch ein ganz brauchbarer Banker werden", ergänzte Seppe und wechselte nebenbei rasch die Krawatte, denn die obligatorischen 147 Minuten waren soeben abgelaufen.

Amtsleiter Dottore Luca Di Moneta beließ es vorsichtshalber dann doch lieber bei einer Kiste Jahrgangs-Champagner Taittinger Blanc de Blanc. Vielleicht hätte es aber mit Unterstützung des dreibrüstigen Nackedeis *„Miranda mit weißer Nelke auf rotem Sofa"* doch eher mit seiner Beförderung geklappt. Denn, wer weiß, auch ein Staatssekretär im Finanzministerium muss nicht zwangsläufig ein Rechengenie sein, wenn es um hervorstechende Merkmale eines schönen Weibes geht. So rangiert der Ministerialdirektor mit dem klangvollen Namen weiterhin auf irgendeinem finanziellen Abstellgleis und wartet sehnsüchtig auf das baldige Ableben seines Vorgesetzten.

Nie wieder Jungfrau!

Es ist ja hinlänglich bekannt, dass der deutsche Mann, bevor er sich mit einer fremden Frau verabredet, zuerst noch den Mülleimer rausträgt, den Hund Gassi führt, den Rasen mäht, die Wäsche wäscht, trocknet und bügelt, das Essen kocht sowie das Geschirr spült.

Doch wie bereitet sich ein italienischer Staatsbürger - und als Steigerungsform gar ein Sizilianer - auf ein solches Date vor?

Er lässt das Premium-Auto waschen, besucht seinen Figaro, holt ein gestärktes weißes Hemd plus coolen Mini-Tanga und Schuhwerk mit erhöhten Absätzen aus dem Schrank und besprüht alles mit einem Liter *Davidoff Hot Nights.*

Und wenn es sich dabei gar um den heiß umschwärmten Kripo-Chef aus Pizzapiccola handelt, gürtet er sich hundert Pro auch noch die unwiderstehliche Verführungs-Krawatte Nummer 148 um den messerscharf rasierten Hals. Diese sinnigerweise verziert mit einem Dutzend roter und violetter Vögel.

Signora Mimicrema Caldofredo hatte sich kurzfristig entschlossen, per Flieger zusammen mit den fünf Ragazzi dem modetrendigen Milano einen Einkaufsbummel abzustatten. So war ihr getreuer Ehemann Giuseppe geradezu gezwungen, sich nach einem geeigneten Zeitvertreib umzuschauen, zumal momentan die in Frage kommenden Banditen sich ebenfalls eine Auszeit gönnten und damit der polizeiliche Dienstbetrieb nur auf Sparflamme vor sich hinköchelte.

Also machte sich der Capitano Caldofredo erlebnishungrig auf den Weg nach Cefalú. Die großkalibrige Beretta-Pistole hatte er gegen eine 20er-Kur-Packung Kondome *absolut lutschfest* eingetauscht.

In der dortigen Disco „Mamma Mia" tummeln sich vor allem erlebnishungrige Touristinnen, die bei heißen Rhythmen auf der Tanzfläche sich gerne in ebenso heiße Arme   heißblütiger Dandys kuscheln.

Schon als er den schummrigen Musik-Bunker betrat, verstummte das weibliche Gekreische und verwandelte sich in ein brünftiges Stöhnen.

An der Bar ließ Seppe völlig unabsichtlich den Ferrari-Schlüssel um seinen eheringbefreiten Finger kreisen, was den Erregungsfaktor bei den weiblichen Gästen nur noch weiter steigerte.

Automatisch wurden weitere Blusenknöpfe geöffnet und eh schon sparsame Minis rutschten versehentlich noch höher, Lippen wurden eiligst nachgekleistert.

Natürlich waren solcherlei Bemühungen dem Charmeur par excellence nicht fremd. Gepaart mit dem für diesen Landstrich völlig ungewöhnlichen Blondhaar à la Donald Trump oder Heino und einem adretten, gepflegten Äußeren lagen ihm allerorts die Damen zu Füßen wie ein abgekippter Sandhaufen.

Unauffällig ließ Giuseppe seine vor Neugier feuchten Pupillen über die anwesenden *Opfer* schweifen, bis sie von einer besonders leckeren Ausgabe dieser Spezies geradezu angesaugt wurden: Eine rassige schwarz- wie langhaarige Schönheit räkelte sich auf einem der Sofas, wobei ihre eng anliegende asiatische Kobralederhose sogar jeden Innenmeniskus an ihrer Kniescheibe erahnen ließ. Das Oberteil war ebenso absolut *top*. 90-56-98 registrierte sein Datenspeicher, als er ihre perfekten Formen online abtastete.

Da schwebte dieses nichtvondiesemsternseiende Wesen auch schon auf ihn zu, zog ihn zur Tanzfläche und verschmolz mit seinem kampfgestählten Body bei einer hinreißenden Rumba.

„Ich bin Vanessa", hechelte ihre Zunge auf seine Rachenmandeln „und immer noch Jungfrau".

„Auch wenn ich heute meinen freien Tag habe, dieser bedauernswerte Zustand muss sich schleunigst ändern", erwiderte Seppe mit einem meerestiefen Blick in ihre ebensolchen Augen. „Was vergeuden wir dann hier noch länger unsere kostbare Zeit? Lass uns die Pferde satteln. Ganz in der Nähe gibt es ein gut geheiztes Hotel mit Zimmer-Jakuzzi und Dreieckfernseher".

Im 100-Meter-Tempo erreichten Sie seinen Ferrari, welcher beim Anblick dieses paradiesischen Weibes von ganz alleine die Türen öffnete. Kaum im Hotel-Foyer angekommen, fielen bereits die ersten Kleidungsstücke.

Über alles Weitere, was bzw. wie oft das in dieser Nacht geschah, soll aus Gründen der Sittlichkeit geschwiegen werden.

Da Seppe als gewissenhafter Polizeibeamter jedoch nie diesen Status völlig ablegen konnte, fertigte er darüber ein geheimes Dossier in achtfacher Fertigung an und ließ es von Vanessa unterzeichnen.

Wobei sie als Nachsatz ergänzte: „Ich schwöre und gelobe: Nie wieder Jungfrau!"

Wie heiß diese Stunden gelebt oder besser gesagt, geliebt wurden, lässt dieses Blatt erahnen, das von der Glut auf das heftigste angesengt wurde.

Das nächste umwerfende wie mörderische Kapitel kann daher erst auf Seite 59 beginnen.

Wer gut köpft, ist noch lange kein Fußballstar

Es liegt doch völlig im Trend unserer Zeit, wenn auch in einem Ort wie Pizzapiccola 52,38 Prozent der Einwohner über siebenundachtzig Jahre alt sind. Daher hatte sich auch ein Investor mit Namen Haribo entschlossen, hier das Alters- und Pflegeheim *„Dolce Morte"* anzusiedeln.

Sofort nach Fertigstellung zogen in den schmucken Bau mit eigenem Sportplatz, Hallenbad, Golfplatz, Kino und kleinem Thai-Massage-Center zweiundfünfzig überwiegend männliche Oldies ein. Ein Restaurant mit angegliederter Bar dient der gehobenen Fütterung. Außerdem steht eine Arztpraxis mit fünf belastbaren Krankenschwestern für die medizinische Versorgung Tag und Nacht bereit.

Auch Peppone Mozzarella, ein entfernter Onkel siebten Grades von Giuseppe Caldofredo, beschloss, sich hier für seine Restjahre verwöhnen und umsorgen zu lassen. Als früherer Zeugwart vom SSC Neapel begann er unverzüglich damit, eine hauseigene betreute Fußballmannschaft zusammenzustellen. Folgerichtig wurde er deswegen auch von den Spielern einstimmig zum kompetenten Sportwart ernannt.

Bereits nach zwei Monaten harten Trainings war die Mannschaft so weit, gegen ein Seniorenstift aus Messina anzutreten.

Bevor das Heimspiel angepfiffen werden konnte, randalierte der 92-jährige Sergio Crawallo vor Wut und Jähzorn derart heftig auf seinem Zimmer, dass man sich doch noch entschied, ihn nachträglich für die U 90 Mannschaft zu nominieren, wofür er sich dann auch gleich durch drei blitzsaubere Eigentore erkenntlich zeigte, die er allesamt per Hand erzielte.

Höchste Zeit für Trainer Mozzarella, eine Auszeit zu nehmen. „Leute, ich bin immer noch Optimist; bei mir ist sogar die Blutgruppe positiv. Ihr dürft jetzt nur nicht den Sand in den Kopf stecken. Wir haben immer noch genug Potenz, das Spiel zu drehen. Ihr dürft auch gerne Sex vor oder nach dem Spiel haben, nur in der Halbzeit geht absolut nichts. Alles klar? Dann auf sie mit Gebrüll, auch wenn nach dem 0:3 ein 1:1 nicht mehr möglich ist!"

Nach dieser klaren Ansprache krempelte seine Elf sprühend vor Spiellaune die Arme hoch und versenkte tatsächlich vier Keulen zwischen den Messina-Torpfosten.

„Super", lobte Peppone. „Jetzt habt ihr mal richtig eure Eier gezeigt! Gustavo, du musst noch an deinem rechten Fuß feilen. Auch du, Batista, als Manndecker ohne defensive Aufgaben, solltest endlich dein Herz in die Hand nehmen. Der Ball hat ja mehr Luft als du!"

„Ich hab `ne Oberschenkelzerrung im linken Fuß, Chef", rechtfertigte sich der Gescholtene. „Die Sanitäter müssen mir unbedingt eine Invasion legen."

„Gut, ab sofort werden wir nur noch Einzelgespräche führen, damit sich keiner mehr verletzt", gestand Mozzarella zu. „Wenigstens haben wir einen Keeper, der die Bälle von der dreckigen Linie kratzt. Ich bin froh, dass ich ihn in eure Elf intrigiert habe und es ist einfach ein schönes Gefühl, ihn hinten drin zu haben. Und du, Giacomo, bist ein super Kopfballspieler. Wärest du schon vor sechzig Jahren unter meine Fittiche gekrochen, hättest du nicht täglich zehn Stunden vor einem Pizzaofen schmoren müssen. Also, weiter geht's, Jungs und denkt immer daran, wir können so etwas nicht trainieren, nur üben! Und ich bin der richtige Goalmaster für euch, schließlich hatte sogar Juventus Turin eine Obduktion auf mich."

Endlich pfiff der Schiri den Senioren-Kick ab und die topfitten Hochbetagten aus Pizzapiccola hatten das Match mit 5:4 für sich entschieden. Dass bei ihnen gelegentlich vierzehn Spieler auf dem Rasen standen, hatte niemand bemerkt. Noch nicht einmal der Sportredakteur der ´Catania calcio´, von dem am folgenden Tag folgender Beitrag abgedruckt wurde:

„*Diego* Capusta bewies auf dem Platz mal wieder seinen einmaligen Torriecher. Abgekocht und abgebrüht wie eine Weißwurst von Uli Hoeneß zog er voll Schmackes ab. Sein gepfefferter Bums mit der linken Klebe war das Salz in der Suppe des ansonsten reichlich geschmacklosen Kicks. Ohne Saft in den kraftlosen Knochen schleppte sich die gegnerische Mannschaft über den schnittlauchgrünen Rasen. Keiner ihrer Pässe hatte Paprika im Hintern. Man kann mit Fug und Recht behaupten, es war insgesamt eine magere Hausmannskost, die den zahlreichen Zuschauern aufgetischt wurde. Sie machte wirklich keinen Appetit auf mehr."

Giuseppe Caldofredo war gerade inbrünstig mit seiner getreuen Gattin Mimicrema zugange, als mitten in der Nacht gegen 02.17 Uhr sein Dienst-Handy schepperte. „Seppe, du musst sofort kommen", malträtierte sein Onkel siebten Grades aus dem Altersheim *Dolce Morte* seinen Gehörgang. „Eine Riesensauerei. Unser Mitbewohner und Linksaußen der Fußball-Mannschaft, Sergio Crawallo, wurde soeben ziemlich leblos aufgefunden. Enthauptet. Wir konnten ihn nur an der Warze am Blinddarm identifizieren."

Der Capitano scheuchte auch seine Mitarbeiter aus den Betten, band sich die Clubkrawatte von Juventus Turin um und gab seinem Ferrari die Sporen.

Selbst für den hartgesottenen und abfallresistenten Kriminalbeamten bot sich ein nicht gerade frühstücksgeeigneter Anblick. Man hatte Crawallo auf dem Anspielpunkt des Rasens abgelegt. Leider war durch das viele Blut auch das ehemals saftige Grün beeinträchtigt. Anstelle des Kopfes war ein Fußball drapiert. Der Täter musste seinen ganzen Hass in diese Hinrichtung gelegt haben. Doch wo war der Kopf geblieben? Seppe musste nur ein paar Schritte weitergehen und hatte ihn sofort erspäht: Sergios Körperteil mit einem IQ von 13 lag in der linken Torecke. Als ehrenamtlicher Schiri dieser edlen Sportart zog Giuseppe eine Trillerpfeife aus der linken Hosentasche und entschied regelgerecht auf Tor.

„Okay, der Torwart kann ihn jetzt rausholen", ordnete Giuseppe an. „Und dann lasst mal die komplette

Mannschaft samt Trainer der Größe nach antreten. Und vergesst ja nicht, zu Ehren des Kopflosen die Nationalhymne zu singen."

„Onkel, was meinst du, wer kann ein Interesse daran haben, den Crawallo einen Kopf kürzer zu machen?" wandte sich der Kripo-Chef an den ihm verwandtschaftlich Verbundenen.

„Mir fällt da auf Anhieb nur der Giacomo, unser bester Kopfballer in der Abwehr, ein. Er war immer eifersüchtig auf Crawallo und träumte davon, ein großer Star zu werden. Jeden Tag wartete er sehnsüchtig auf ein Vertragsangebot von Arsenal London."

Tatsächlich fand der Capitano auch in der Sporttasche des Giacomo einen Büschel Haare, den er eindeutig einer kahlen Stelle auf dem Solo-Kopf des Mordopfers zuordnen konnte. Zudem war im Damenklo eine echte Harakiri-Machete entsorgt - zweifellos die Tatwaffe.

Als Seppe dem Tatverdächtigen im Einzelverhör mit langem Anlauf einen kräftigen Tritt gegen das Schienbein spendete, der bei jedem WM-Ausscheidungsturnier garantiert zum lebenslangen Platzverweis gereicht hätte, gestand Giacomo mit schlotternden Ohren, seinen Konkurrenten gemeuchelt zu haben. Nur weil dieser der beste Torschütze im Team war, wobei man stets die Eigentore mitzählte. Dass er selbst aber den Strafraum sauber hielt und alles ausputzte, was ihm vor die Stollen kam, wurde nie richtig gewürdigt. Und so lief bei ihm nach dem letzten Spiel endgültig die Leber über und der angestaute Hass führte seine mordende Hand. Doch damit war es nun auch endgültig finito mit seiner Fußballer-Karriere im gut bezahlten Ausland. Vielleicht würde er bei vorbildlicher Führung im Alcatraz von Syracus einen Platz in der dortigen dritten Mannschaft ergattern. Allerdings wurde ihm per Gerichtsbeschluss schon im Voraus das Kopfballspiel definitiv untersagt.

Wer zweimal niest, der beißt ins Gras!

Im von der Wetterfee Claudia Kleinert abgesegneten Mittelmeerklima von Pizzapiccola einen Schnupfen einzufangen, ist fast so chancenlos wie einen Siebener im Lotto. Dennoch trat ein solches Jahrtausendereignis an diesem trüben Novembertag ein. Fiel doch das Barometer - gepaart mit Schnee, Nebel und Sturm in Orkanstärke - auf völlig indiskutable 17 Grad plus.

Bruschetta Naso schlug den Mantelkragen bis zur Oberlippe hoch und klemmte seinen Original Oktoberfest-Hut über die Ohren. So ein Sauwetter, und ausgerechnet für heute Nacht hatte er im Kalender den Einbruch bei Juwelier Brillante & Filia in Fettucine notiert. Na ja, den Klunkerchen würde der Wettersturz nichts anhaben und er würde ihnen notfalls auch gleich zu Hause am wärmenden Ofen einheizen.

Pünktlich um 21.30 Uhr stieg Naso von seiner nachtblauen Vespa GT, Baujahr 1963. Die Stadt befand sich bereits im Tiefschlaf, als er routiniert mit seiner Marlene (so hatte er seinen Dietrich getauft) die Türe zur edlen Schmuckboutique öffnete. Er zündete eine Kerze an, die er gerade noch vom letzten Weihnachtsfest herübergerettet hatte und widmete sich voller Hingabe den Vitrinen, in denen die Objekte seiner Begierde lagen.

Er schnalzte genießerisch mit der Zunge, während er die wertvollen Einzelstücke in aller Ruhe in seine

Manteltasche steckte. Diese Familie Brillante machte ihm das Klauen wirklich leicht; fast könnte man den Spaß an der Arbeit verlieren. Niemand im Laden, niemand auf der Straße. Völlig ungestört konnte er sein Handwerk ausüben. Eine Brosche – mit mehrkarätigen Steinchen besetzt – ließ ihn vor heller Begeisterung Rocco Granatas Ohrwurm „Manuela" trällern. Quasi als Zugabe musste er lauthals niesen. Bahnte sich da womöglich ein Schnupfen an? Zu Hause würde er vorsichtshalber gleich WickMediNight zwischen seine Brustwarzen einmassieren.

Was Bruschetta Naso nicht wissen konnte: Im Zimmer hinter dem Verkaufsraum schlief die Tochter des Juweliers. Und da sie Manuela hieß, wachte sie bei Nasos Gesang auf und dachte, jemand hätte sie gerufen.

Da hörte sie auch schon, dass sich eine fremde Person im Laden befand. Vorsichtig lugte sie durch den Trennvorhang und sah zu ihrem Schrecken, wie ein Mann völlig sorglos und in scheinbar bester Laune ihre schönsten Schmuckstücke aus den Vitrinen räumte. Manuela schlich leise in die provisorische Küche und wählte von ihrem Handy die Nummer der örtlichen Kripo-Direktion.

„Capitano, bitte kommen sie sofort", flüsterte sie, als sich Giuseppe Caldofredo meldete. „Bei uns ist ein Einbrecher. Ich öffne Ihnen das Hintertürchen."

Solches ließ sich Seppe natürlich nicht zweimal sagen. Endlich etwas los in diesem Nest! Rasch band er sich Krawatte Nummer eins-acht-vier um den jugendlichen Kropf, lud seine Beretta nach und raste mit Violett-Licht und Heavy-Metal-Sirene in den Nachbarort.

Vor dem Juweliergeschäft Brillante & Filia angekommen, sprang er noch im Fahren aus seinem Ferrari-Cabrio und hechtete wie ein Basketballstar durch die dietrichgeöffnete Türe, während er seine Pistole entsicherte.

Bruschetta Naso erschrak so heftig, dass er auf der Stelle zwei Mal niesen musste. Das jedoch war zu viel des Bösen für den Capitano. Bildete sich dieser lausige Dieb etwa auch noch ein, er müsse ihm eine Erkältung anhängen? Seine Pistole Kaliber 3,7 cm bellte im Herbert Grönemeyer-Sound los und einhundert Schrotkugeln verwandelten den Oberkörper des Einbrechers in ein Sieb, um das ihn jeder Haushaltswarenladen beneidet hätte. Bruschetta Naso zuckte nur noch einmal hämisch mit der linken Augenbraue, ehe er seufzend ins Gras biss.

Auf seine Kanone konnte sich der Kripo-Chef verlassen. Zudem ersparte er sich dadurch ein stundenlanges Verhör. Ja, wenn es sich um eine langbeinige Signorina gehandelt hätte, aber bei solchem Gangster-Müll...

Er hatte nur Mitleid mit dem Gerichtsmediziner, der bei dem Abgenibbelten die Schrotkügelchen einzeln aus dem Fleisch schneiden musste. Und der Capitano bestand unnachgiebig darauf, dass ihm diese vollzählig zurückgegeben wurden. Wehe, wenn auch nur ein Exemplar fehlte!

Waschen, legen, stöhnen!

Man muss wissen, dass Pizzapiccola über keinen eigenen Friseursalon verfügt. Männlein wie Weiblein, die es nach einer perfekt gestylten Haartracht gelüstet, müssen also einen Umweg von 1,247 km in den Nachbarort Lasagnegrande auf sich nehmen. Und weil bei italienischen Landsleuten und vor allem sizilianischen Staatsangehörigen nach dem Auto und noch vor der adretten Bekleidung die Frisur an zweiter Stelle des Wohlfühl-Rankings steht, geschieht dies zwangsläufig beinahe jede Woche.

„Salotto di pelo. Sie sprechen mit Figaro Antonio Bunga persönlich. Wann möchten Sie sich in meine Hände begeben?"

„Dem Himmel sei Dank, Maestro, dass ich Sie noch erreiche", tönte ihm eine aufgeregte weibliche Stimme im gebärfähigen Alter entgegen. „Bei wem ich es auch versuche - alle hatten bereits geschlossen. Ich brauche aber unbedingt noch heute eine neue Dauerwelle samt Tönung, weil ich gleich morgen früh einen eminent wichtigen Geschäftstermin wahrzunehmen habe. Also, wenn Sie mich zu dieser fortgeschrittenen Stunde noch rannehmen, Meister, haben Sie bei mir einen ganzen Felsbrocken im Brett."

Der Herr über Schere und Kamm musste nicht lange überlegen. Dauerwelle mit Tönung beanspruchen drei Stunden. Macht minimum 95 Euro, mit Trinkgeld ein glatter Hunni. Vielleicht war die Anruferin ja sogar noch nett und entgegenkommend. Zudem: Über eine neue Stammkundin freute man sich immer.

Und was erwartete ihn stattdessen zu Hause? Eine vertrocknete, keifende, fernsehseriensüchtige Schabracke, die ihren paranoiden Köter besser behandelte als ihn. Es verging kein Tag, an dem er sich verfluchte, dass er an ihrer Stelle nicht das ehemalige Lehrmädchen in seinen Hafen der Ehe gelotst hatte. Vor kurzem hatte er ihr erstmals mit Scheidung gedroht, aber sie hatte ihn nur höhnisch ausgelacht.

„Ohne mein geerbtes Geld kannst du dann aber deinen armseligen Schnippel-Laden sofort schließen, du Pseudo-Barbier. Wenn du Glück hast, darfst du dann gerade noch auf Jahrmärkten als Antonio der *HundeCoiffeur* auftreten", hatte ihm die liebevolle Gattin hasserfüllt entgegengeschleudert.

Das hatte bei ihm das Fass zum Überlaufen gebracht. Seine Berufsehre war aber so was von angekratzt. Er, Figaro Bunga, als Hundefriseur auf Rummelplätzen!

„Kein Problem, Signora, Sie dürfen mich gerne noch besuchen", säuselte er mit leicht schwulem Unterton in den Hörer. „Für eine zufriedene Kundschaft gebe ich alles. Ich hatte für heute Abend sowieso nichts Besonderes geplant."

Rasch überprüfte er vor sämtlichen Spiegeln sein Outfit und zog den Scheitel nochmals akkurat nach. Zum Schluss noch ein kräftiger Sprühstoß aus dem Eau de Toilette-Flacon *Davidoff privat* und die Dame konnte anrücken.

Kurz danach öffnete sich auch schon die Türe und ein Fabelwesen in Blond, mit einem um die Hüfte gespannten kurzen Etwas, schwebte in Antonios Salon. Perfekt geschminkt, und der Duft ihres *Chanel Nr. 5* vereinigte sich auf der Stelle mit seinem *Davidoff.* All dies in Summe bewirkte, dass der Maestro akute Atemnot bekam. Das war doch mal etwas anderes als seine angeheiratete Nörgel-Zicke mit täglichem Erschöpfungsschlaf bis zum Mittagessen. Wohlan, diese Dauerwelle konnte sich kringeln!

„Ich heiße Sabrina Bello-Statura", strahlte sie ihn verführerisch an und reichte ihm eine graziöse Hand. Fast hätte Antonio diese spontan geküsst, aber gerade noch rechtzeitig erinnerte er sich daran, dass er sich nicht auf dem Wiener Opernball befand. Doch die Übereinstimmung ihrer Schenkel und allem Drumherum mit ihrem Namen konnte er bereits jetzt bestätigen, als sie auf dem Sessel Platz nahm. Mein lieber Vater! Schnell hängte er ihr den Umhang über die Schultern, um keine Erektion zu bekommen.

„Na, wie hätten wir es denn gerne?" sprach er seine Kundin in der berufstypischen Redewendung an. „Darf es zur Abwechslung ein dezentes Brünett sein oder eher rasantes Kastanienbraun? Das würde Ihren Teint sicher noch mehr unterstreichen."

„Gerne, ich hatte eigentlich auch an ein dezent gelocktes Kastanienrotbraun gedacht, Herr Figaro."

„Bitte sagen Sie doch einfach Antonio zu mir, Signora. So nennen mich meine allerbesten Freunde.

Darf ich nun Ihr Haar anfeuchten? Dann mache ich uns einen Espresso und Sie dürfen währenddessen in einer Gazzetta blättern."

Antonio umtänzelte sie, als wäre er auf einem WM-Tanzturnier und beinahe hätte er als Krönung noch einen Doppelaxel obendrauf gesetzt.

Zwei Stunden vergingen wie im Fluge und ihre Unterhaltung wurde immer vertrauter. So konnte es nicht ausbleiben, dass der Figaro ihre abgeschnittenen Haare einzeln mit den Fingern vom Busen pflückte und einmal wäre er fast gestolpert, hätte er sich nicht mit beiden Händen auf ihren ungeschützten Oberschenkeln abgestützt. Da Signora Bello-Statura alles mit einem charmanten Lächeln quittierte, nahm er endlich seinen ganzen Mut zusammen und versuchte sie zu küssen, als sie gerade ziemlich wehrlos unter der Trockenhaube vor sich hin röstete.

Und genau in diesem Moment passierte es. Bevor Antoni Bunga in die Hände einer gnädigen Ohnmacht fiel, spürte er nur noch einen wahnsinnigen Schmerz an seiner linken Gesichtshälfte. Daraufhin legte irgendetwas in seinem Gehirn den Hauptschalter lahm.

Am nächsten Vormittag zog Agente Michele Forza vom Polizeiposten Lasagnegrande einen dicken Umschlag aus dem Dienst-Briefkasten. Die Kollegen hielten gerade Frühstückspause. „Na, Michele, was bringst du denn Schönes?" fragte der Revierführer. „Schickt uns etwa jemand wieder eine Anti-Aging-Produktprobe für genervte Gesichtshaut? Nun mach schon auf!"

Der Agente öffnete das DIN A4-Kuvert und entnahm ihm eine Plastiktüte, bei deren näherem Augenschein der gemütliche Imbiss nachhaltig gestört wurde. Auf der Tüte lag zudem ein handschriftlicher Zettel: „Auch wenn es sich nicht um das berühmte Ohr des Vincent van Gogh handelt, war es doch für den Verunstalteten höchste Zeit, sich von ihm zu trennen. Ich wünsche viel Spaß bei der Suche nach dem restlichen Kadaver!"

„Mann, oh Mann", stöhnte Postenführer Dondo Gelata, „das ist zu groß für uns. Ich ruf gleich die Kripo in Pizzapiccola an."

Doch auch dort war bisher keine Vermisstenanzeige nach einem ohrlosen Mann eingegangen. Erst als eine Frau Emilia Bunga meldete, dass ihr Gatte nach einer Dauerwelle an einer späten Kundin am Vorabend bis jetzt nicht nach Hause zurückgekehrt sei, fuhren Capitano Giuseppe Caldofredo und Caporal Tuttipasti zu dem *Salotto di Pelo* im Nachbarort. Mit dem ihnen überlassenen Zweitschlüssel öffneten sie die verschlossene Eingangstür und fanden einen Mann leblos in einem Friseurstuhl sitzend vor. Sein linkes Ohr war abgetrennt und weil dies dem Täter offensichtlich noch nicht genug war, auch Daumen und Ringfinger der rechten Hand. Dem Ausmaß der Blutlache nach zu urteilen, die sich auf dem hellen Vinylboden quer durch den ganzen Raum zog, konnte Antonio Bunga i.T. (im Tod) keinen einzigen Tropfen des lebensnotwendigen Saftes mehr in den Adern haben.

„Chef, kennst du die Komische Oper *Die Hochzeit des Figaro?*" frotzelte der Caporal. „Vielleicht sollte man sie umtaufen in *Die Leiden des Figaro.*"

Auch auf dem Frisiertisch lag ein handgeschriebener Zettel mit folgenden Zeilen: „Scusi, leider fand ich kein passendes Kuvert mehr. Ich habe die niedlichen Fingerchen deshalb an einen zufällig herumstreunenden Köter verfüttert. Wenn Sie ihm zwecks Spurensuche den Magen auspumpen wollen - es handelte sich um einen rot-weiß gefleckten American Pitbull, der laut Hundemarke auf den Namen Donald hört."

Bei Emilia Bunga schnurrte das Telefon. „Hallo Emmi, hier ist Giulia. Ich wollte dir nur Vollzugsmeldung erstatten. Mal ehrlich, was taugt ein Haarschnippsler ohne die wichtigsten Finger seiner rechten Hand? Aber in einem muss ich ihn postum loben: Sein Rasiermesser war scharf wie Nachbars Lumpi. Also so scharf wie er, als er noch funktionierte. Die linke Ohrmuschel war dann nur noch eine spontane Zugabe. Was meinst du? Natürlich trug ich Latex-Handschuhe! Komm, lass uns in Giannis Cantina mit einem kräftigen Schluck feiern, bevor dir die Kripo die überaus traurige Nachricht vom plötzlichen und völlig unerwarteten Ableben deines über alles geliebten Gatten überbringt. Und vergiss bitte ja nicht, bittere Tränen zu vergießen."

Ein Privatschnüffler namens Zweischluck

Giuseppe Caldofredo und Salvatore di Farfalle hatten gemeinsam die Polizeischule in Palermo besucht und schoben danach auch gemeinsam Dienst in Cefalù. Leider hatte sich jedoch Salvatore ein Hobby ausgesucht, das sich mit der Vorbildfunktion „Polizei" nur schlecht in Einklang bringen lässt. Kurz gesagt: Er hatte sich dem Alkohol gewidmet.

Die Vorgesetzten drückten so lange sämtliche Augen zu, bis er eines Tages anstelle der Dienstpistole eine Flasche Nero D´Avola im Halfter hatte. Er durfte daraufhin die Uniform an den berühmten Nagel hängen, während sein Spezi Giuseppe unaufhaltsam die Beförderungsleiter emporkletterte und nun bekanntlich als Kripo-Chef in Pizzapiccola Erfolge aller Art feiert. Natürlich haben sich die beiden weder dienstlich noch privat aus den Augen verloren.

Was aber tut ein abgehalfterter Polizist, der auch weiterhin wenigstens einigermaßen seinen Lebensstandard halten möchte? Richtig! Er betätigt sich als Privatdetektiv gegen satte Tageshonorare.

Salvatore di Farfalle – von Freund und Feind auf Grund seiner Namensgleichheit mit einem beliebten Nudelgericht einfach „Pasta" gerufen -, kann seine sizilianische Abstammung nicht verleugnen. Zumindest was sein Aussehen, sein Temperament, seine gigantische Arbeitswut und vor allem seine Vorliebe für Vino Rosso anbelangt. Auf Letzteres ist übrigens auch sein Pseudonym „*Zweischluck*" zurückzuführen. Schafft er es doch, einen mezzo litre Rotwein ohne abzusetzen mit zwei Schluck restlos zu vernichten.

Den Eintrag ins Guinness-Buch der Rekorde hat er damit bereits geschafft; lediglich als offizieller Weltrekord ist seine grandiose Leistung vom ISK (Internationales Schluck-Komitee) noch nicht anerkannt. Und das wurmt ihn grandissimo. Deshalb hat er sich auch täglich drei Stunden harten Trainings auferlegt. Sein großes Ziel vor Augen, endlich die *Lizenz zum Saufen* verliehen zu bekommen. Würde ihn dies doch auf dieselbe Stufe heben wie James Bond mit seiner *Lizenz zum Töten.*

Pasta war in einem tränenreichen Abschied bei seiner Mamma ausgezogen und richtete sich in Fettucine, also in sieben Kilometer Entfernung von Pizzapiccola, eine bescheidene Bleibe ein. Der originelle Slogan „Ich schnüffle für Sie in jedem Haufen" verschafft ihm regen Zulauf, was ihm im Schnitt 2,78 Aufträge pro Monat einbringt.

Sein Büro, das eher einer Ausnüchterungszelle auf dem Revier ähnelt, liegt in der Via Rigoletto. Nicht gerade die feudalste Wohngegend, aber da er sowieso die meiste Zeit des Tages in einem aktuellen Fall *ermittelt,* spielt das für Pasta nur eine untergeordnete Rolle.

Entscheidend ist vielmehr, dass gleich an der Ecke die *Cantina Da Umberto* liegt, die er zu seinem eigentlichen Hauptquartier auserkoren hat. Gleichzeitig ist für ihn der Gastraum auch geeignetes Trainingszentrum, denn nur dort erhält er die bevorzugte Rotweinsorte, die ihn - wie bereits erwähnt - immer aufs Neue animiert, eine Halbliterkaraffe auf zwei Schluck und damit in Rekordzeit auszuschlürfen. Außerdem: Wer erfolgreich Wettkämpfe bestreiten will, braucht hierfür sachverständiges Publikum so nötig wie die Luft zum Schnappen.

Und genau das findet er hier vor. *Da Umberto* ist nämlich auch Anlaufstelle für Drogendealer, billige Huren, Ehebrecher, Schwule und windige Banker. Aber vor allem kreuzen dort auch die Angestellten der äußerst aktiven Mafia-Bosse auf, also Schutzgeldkassierer genauso wie die Killer unterschiedlichster Disziplinen.

Pasta alias Zweischluck muss also nur Augen und Ohren weit aufsperren, um neue Kunden für seinen One-Man-Betrieb zu werben. Natürlich ist der Ex-Schupo auch bei den Gästen bekannt wie ein dreibeiniger Olympiasieger. Und sollte ihn tatsächlich jemand noch nicht in seinem Notizbuch stehen haben, so wird er von Umberto wärmstens empfohlen. Gleichzeitig verfügt er auch immer noch über beste Kontakte zu seinen früheren Kollegen, denen er gerne gelegentlich als Gegenleistung eine willige Bordsteinschwalbe zu 100 Prozent Einführungsrabatt vermittelt.

An diesem von Sturm und Regen gepeitschten Abend flüchtete sich jeder Fußgänger, der sich in dieser Gegend fahrlässig nach draußen gewagt hatte, schutzsuchend in die trockenen Arme von Umbertos Kneipe in Fettucine.

Doch die beiden Typen, die jetzt mit forschen Schritten die Türe zu dem feinen Etablissement aufstießen, trugen auffällig staubtrockene, auf der linken Brustseite kräftig ausgebeulte Klamotten zu ihrer Kopfverschönerung aus edelstem Filz.

Schlagartig verstummten alle Gesprächsfetzen in der rauchgeschwängerten Spelunke.

„Hier stinkt es nach Bullshit, Freunde!" stänkerte der auf dem linken Bein hinkende Daniele.

„Darfst du hier überhaupt rein mit deinem Mundgeruch, der mich verdammt an gefährliche Körperverletzung erinnert?" konterte einer der beiden enttarnten Kriminalisten, die extra aus dem fernen Messina angereist waren. „Nochmals so ein Scherz und du fährst ab sofort im Rollstuhl, capisto? Ist der Privatschnüffler da?" wandte er sich an den Wirt.

„Ja, hinten in seiner gewohnten Trainingsecke", erwiderte Umberto und deutete mit dem tomatenmarkverschmierten Daumen die Richtung an.

„Ciao Zweischluck, was machen deine Rekordversuche?" frotzelte der andere Hutträger. „Dürfen wir dir eine Minute deiner kostbaren Zeit rauben?"

„Seit wann kommt ihre Lollilutscher ohne Musik und Scheinwerfer angezuckelt? Müsst ihr jetzt auch noch im Dienstwagen Strom sparen?", war Pasta leicht ungehalten, weil ihn die beiden Plattfüßler beim intensiven Training störten.

„Vielleicht darfst du uns einen Tipp geben, Salvatore. Sperr einfach mal wieder für uns die Lauscher auf. Wir suchen heute einen feinen Mitmenschen,

der zwei Straßen weiter einer ehemals nett anzu-
schauenden Signorina zuerst die Fresse poliert, dann
den Slip verkleckert und ihr quasi als Dreingabe noch
das Licht ausgeblasen hat. Clarissa Poponda, zwanzig
Jahre alt und Ballett-Tänzerin. Nach der Zeugenaus-
sage eines Taxifahrers, der rein zufällig und nichts Böses ahnend vorbeifuhr, soll der ehrenwerte Signore
etwa so ausgesehen haben."

Dabei zog der Inspektor-Columbo-Verschnitt ein
schon leicht zerknittertes Phantombild aus der Hosentasche und warf es vor Pasta auf den schmudde-
ligen Tisch.

„Eigentlich würde die Visage ja auf achtundneun-
zig Prozent der hier anwesenden Herrschaften pas-
sen, aber diese haben bestimmt allesamt ein lupen-
reines Alibi, weil sie sich zur Tatzeit in diesem edlen
Etablissement die Hucke vollsoffen."

„Geht in Ordnung, 007", lallte der begnadete
Schnüffler, wobei ein heftiger Schwall Speichel auf
den exakten Bügelfalten des Ermittlers landete. „Ich
hör mich um. Aber wer kommt dann für meine im-
mensen Unkosten auf?"

„Lass dir auf Staatskosten noch ein Schlückchen
Roten einschenken. Und dann hebe deinen Cannello-
ni-Arsch und mach dich auf die Socken. Hier hast du
unsere Handynummer. Salute!"

„Amen", seufzte erleichtert der hinkende Daniele,
als die Tür hinter den beiden Hut- und Revolverträ-
gern aus Messina zufiel.

„Schaut euch die Zeichnung doch mal an, vielleicht
geht bei einem ein Lämpchen an", rülpste Pasta aus

vollem Magen. Sämtliche Ganoven-Azubis scharten sich um ihn und starrten kopfschüttelnd auf das Portrait des Gesuchten. „Sorry Leute, aber ich muss jetzt zu Ende trainieren." Damit verschwand der Inhalt des nächststehenden Halblitermaßes Rotwein mit genießerischem Schmatzen in seinem Schlund, was den begeisterten Beifall aller Anwesenden auslöste.

„Ich habe eine Idee, amigos", sagte der Hochleistungssportler mit Tränen der Rührung in den Augen ob so viel Anerkennung. „Ich funke meinen alten Freund Caldofredo an und dann werden wir gemeinsam dieses Soda & Gonorrhoe in unserer schönen Stadt gemeinsam ausräuchern. Und wenn wir diesen Unhold dann geschnappt haben, legen wir ihn ordentlich zusammengefaltet vor das Polizeipräsidium in Messina."

Durch diese ungewohnt lange Ansprache war seine Kehle total ausgetrocknet, sodass er sie dringend wieder anfeuchten musste.

Am nächsten Tag erschien Capitano Giuseppe Caldofredo pünktlich in der Cantina di Umberto, um gemeinsam mit den Ortsganoven und seinem Spezi Salvatore einen Schlachtplan zu entwerfen.

„Wir werden ihm eine Falle stellen und diese wird zuschnappen, so wahr ich Salvatore di Farfalle heiße", meinte Pasta zwischen zwei kleinen Schlucken.

„Lulu, komm doch mal her zu uns", winkte er einer blutjungen und unübersehbar attraktiven Horizontalgewerblerin mit prall gefülltem Ausschnitt und zwanzig Zentimeter breitem Gürtel um die Hüfte zu.

„Du darfst als Lockvögelchen fungieren, mia bella. Wenn er auf dich nicht anspringt, dann ist der gesuchte Kerl stockschwul. Morgen Nacht ab 22 Uhr wirst du in der Via Gianlucco Buffo patrouillieren und so tun, als wärst du wie üblich auf Jagd nach einem Freier. Ich und Seppe sowie der hinkende Daniele und Bruno das Einauge legen uns auf die Lauer. Sobald er dich anfasst, ist es aus mit ihm. Und damit Pasta!"

„Was springt dann für mich dabei raus, dass ich mein Betriebskapital höchster Gefahr aussetze?" lispelte Lulu.

„Du wirst bei unserem Capitano einen ganz dicken Stein im Brett haben. Er sorgt bestimmt dafür, dass sämtliche Bullen seiner Direktion bei dir nach Feierabend Schlange stehen und danach höchst befriedigt zu Mamma nach Hause kriechen."

„Ihr habt mich überzeugt", stimmte die Gunstgewerblerin zu. „Aber wehe, der Ripper säbelt an meinen Kurven rum!"

Sobald am nächsten Abend sich die Dunkelheit wie ein schwarzes, dreckiges Tuch über das sizilianische Nest Fettucine gelegt hatte, trafen sich Lulu und die vier Fallensteller in der Via Buffo.

Vier Stunden lang tat sich nichts. Aber gerade als sich das langbeinige Lockmittel eine Zigarette ansteckte, krächzte ihr plötzlich etwas von hinten in die linke Ohrmuschel. Es klang wie die ungeölten Scharniere eines abgewrackten Seelenverkäufers.

Lulu drehte sich um und blickte in eine Visage, die einem Müllcontainer mit zwei Einwurflöchern frappierend ähnelte.

„Ciao Süße!" kullerten die Worte wie Glasmurmeln aus seiner Fressleiste. „Wie wär's, wenn ich bei dir mal kräftig Fieber messe?" Dabei schnullte er schmallippig an einem Discounter-Zigarillo.

„Leider muss ich dein überaus großzügiges Angebot ablehnen", beschied ihm Lulu. „Papa hat mir nämlich verboten, von fremden Männern Lutschbonbons anzunehmen."

Dabei funkelten ihre royalblauen Hingucker wie ein frisch polierter Klunker und das Dekolleté im Großformat erweckte den Eindruck, als wolle sie ihr Innerstes nach außen kehren.

Daraufhin verzerrten sich die widerlichen Gesichtszüge des Freiers schmerzhaft wie bei drei Wochen Durchfall und sein rechtes Auge zuckte unaufhörlich, als wollte er damit das komplette Morsealphabet üben. Aus seinen drei Zahnlücken im Oberkiefer zischte etwas, das sich nach Hans Albers´ *La Paloma* anhörte. Gleichzeitig bemühte er sich, mit eng umschlungenen Armen Lulu in ernsthafte Atemnot zu bringen.

Doch genau in diesem Moment stürzten sich vier Männer auf ihn, wobei der Capitano samt schwarzer Krawatte mit seiner 27-schüssigen Beretta ein paar hundert Schrotkugeln in die Luft donnerte.

„Hoch mit deinen dreckigen Pfoten!" unterstützte ihn Pasta und ließ zwei linke Gerade auf die rechte Kieferhälfte des Mordbuben folgen, worauf dieser ohne Zögern auch noch die restlichen Backenzähne ausspuckte. Angeknockt legte er sich ächzend in den

Straßenstaub und wälzte sich hin und her wie ein Schwein im Brühzuber.

Der hinkende Daniele und Bruno das Einauge wollten da auch nicht untätig zuschauen und liebkosten ihn deshalb mit mehreren Leberhaken, worauf der Messerheld endgültig zusammenklappte und sich in die gnädigen Arme der Ohnmacht flüchtete.

Seppe holte daraufhin aus seinem Dienstferrari sämtliche vorrätigen Hand- und Fußschellen und verschnürte ihn zusätzlich wie ein Amazon-Paket.

„Gut gemacht, Leute", lobte er seine Aushilfspolizisten. „Das wird jetzt begossen!"

Umberto hängte sein Schild „Wegen Überfüllung bis morgen geschlossen!" an die Tür, Lulu hüpfte von einem steifen Schoß zum nächsten und Salvatore di Farfalle gelang es mit Hilfe der von Seppe spendierten Rotweingaben, in dieser Nacht endlich einen lang ersehnten Weltrekord aufzustellen: Einen halben Liter in einem Schluck ohne abzusetzen.

„Ich hab´s geschafft, diesmal hab ich es wirklich geschafft, Leute!" rülpste er glückselig seine hochprozentige Fahne aus, sodass sich seine Nebensitzer hochgradig betrunken abwenden mussten. „Gleich morgen werde ich Mitglied beim Verein der Anonymen Alkoholiker. Und damit Pasta!"

Von zwei Äpfeln im Paradies
ist einer zu viel

In Lasagnegrande, dem größeren Nachbarort von Pizzapiccola, gibt es einen kleinen Nacktbadestrand namens *Paradiso* in den bescheidenen Abmessungen von 20 mal 20 Metern. Das ist jedoch in der Regel vollkommen ausreichend, da er ausschließlich für *Privilegierte,* das heißt Parteimitglieder des Silvio B., reserviert ist. Betreten nur mit eigens ausgestelltem Nackt-Pass.

Ein herrlicher Sommertag lockte auch Silvestri Amalfino mit seiner kürzlich Verlobten Coco Romiroma zu diesem Sandviereck, um sich einer Rundum-sonnenbestrahlung zu unterziehen. Leider war der Andrang so groß, dass sich Silvestri mangels Freifläche letztlich auf die holde Maid legen durfte.

Nun muss man wissen, dass beim Eintritt in die Ganzkörperkulturlandschaft sämtliche Ersatzteile abzugeben sind (z.B. Lesebrille, Glasauge, Toupet, Zahnspangen, Beinprothese oder sonstige Ersatzglieder). Nur so ist es auch zu erklären, dass der von Natur aus extrem kurzsichtige Liebhaber dankbar nach dem Apfel tastete, den ihm die liebreizende Coco überreichte und dabei im wahrsten Sinne des Wortes völlig übersah, dass sie auch einen für sich behielt.

„Ist das nicht wie im Paradies, Amalfi?" raunte sie ihm in den frisch geduschten Gehörgang. „Ich reiche dir einen Apfel und du lässt dich verführen." Doch als er den ersten Biss wagte, fühlte er sich gar nicht so paradiesisch, denn er hatte leider vergessen, seine Oberkieferprothese am Eingang zu hinterlegen. So biss sich dieses Kunststoffteil so sehr an dem *Golden Delicious* fest, dass er nahezu sprachlich blockiert war. In diesem Moment realisierte er, dass scheinbar *drei* Hügelchen den Oberkörper seiner Coco zierten.

„Du hast mich belogen und betrogen", schrie der Kurzäugige so gut es ging. „Du besitzt in Wirklichkeit einen Drilling da vorne. Genau wie von Picasso verunstaltet!" Wutentbrannt ernannte er ein zufällig herumliegendes Strumpfband zur Schleuder, fischte sich einen hochgiftigen Seeigel und schoss diesen in Richtung seiner Geliebten, die daraufhin auch ohne mit der Wimper zu zucken, ihren Geist aufgab.

Der sofort alarmierte Capitano Giuseppe Caldofredo eilte stehenden Fußes - entsprechend den Vereinsstatuten natürlich nackt - zum Tatort, was dort bei einigen Damen einen unverzüglichen Ohnmachtsanfall auslöste. Wenigstens hatte er darauf bestanden, eine Dienst-Krawatte am Hals sowie die großkalibrige Pistole im Sockenhalter-Halfter tragen zu dürfen.

Seppes Einschätzung der Tat erfolgte schon nach dem ersten Augenschein der Toten: Versehentlicher Totschlag dank extremer Kurzsichtigkeit, illegaler und unzulässiger Waffenbesitz samt Bio-Munition, erhebliche provozierende Tatbeteiligung des Opfers. Wenn es doch immer so einfach wäre, einen Fall zu lösen! Immerhin wurde der wieder einmal souverän agierende Kripo-Chef ob dieser tadellosen Leistung in besagter Tatort-Montur lobend im Sportfernsehen erwähnt.

Luigi in Öl

„Luigi, wo bleibst du denn? Das Mittagessen steht schon auf dem Tisch! Haben Sie zufällig meinen Mann gesehen, Signora Commedomane?" rief sie zur Nachbarin hinüber. „Er wollte doch nur noch rasch etwas nachsehen."

„Nein, Signora Vergine, im Garten war er jedenfalls nicht. Ich habe nämlich den Rasen gemäht und da wäre er mir bestimmt aufgefallen."

Doch Luigi Vergine war auch bis zum Abendessen nicht aufgetaucht. Seine Frau suchte daraufhin das ganze Haus ab und rief nach ihm - vom Dachboden bis zum Keller. Da bekam sie es nun aber doch mit der Angst zu tun, es könnte ihm etwas zugestoßen sein und sie meldete ihren Angetrauten beim örtlichen Polizeiposten als vermisst.

Als die beiden diensthabenden Beamten aus Pizzapiccola erschienen, versuchten sie die adrette Vierzigjährige zuerst zu beruhigen. „Nun machen Sie sich mal keine unnötigen Sorgen, Signora. Hat Ihr Mann irgendwelche Andeutungen gemacht, ob er bestimmte Arbeiten erledigen wollte?" erkundigte sich Michele Forza.

„Ja, jetzt wo Sie danach fragen, fällt mir ein, dass er den Öltank nochmals überprüfen wollte, bevor die Heizperiode beginnt", sagte die Hausherrin.

„Also, fangen wir im Keller an, Dondo. Auf geht´s! Eine Etage tiefer. Schau mal, da steht doch tatsächlich die Einstiegsklappe zum Tankraum offen und hier auf dem Boden liegt auch eine Brille. Aber der Tank selbst scheint ordnungsgemäß verschlossen. Doch halt! Der Deckel ist ja gar nicht fest verschraubt. Da stimmt was nicht. Komm mal her!"

Michele Forza und Dondo Gelata hoben den schweren Verschlussdeckel des kellergeschweißten Tanks hoch und hätten ihn vor Schreck fast wieder fallenlassen. Denn im Öl schwamm kopfunter ein lebloser menschlicher Körper.

„Mamma mia, ruf sofort den Capitano an. Ich halte solange hier die Stellung und achte darauf, dass keine etwaigen Spuren verwischt werden", forderte Forza mit vor Aufregung zittriger Stimme. „Der Signora sagen wir aber noch nichts, solange wir nicht wissen, um wen es sich bei dem Opfer handelt."

„Wollt ihr mich etwa verarschen, ihr räudigen Makkaronifurzer?" schrie der Kripochef in die völlig unschuldige Telefonmuschel. „Okay, wir rücken an. Aber wehe, ihr habt euch verguckt, denn lege ich euch beide eigenhändig in Aspik!"

Giuseppe Caldofredo schob das für derlei Einsätze speziell angefertigte Violettlicht - das übliche Blaulicht passt nämlich farblich nicht zu seinem knallroten Dienst-Ferrari -auf das Dach und traf mit seinen beiden Assis Agente Enrico Papagallo und Caporal Tuttipasti in Rekordzeit am mutmaßlichen Tatort ein. Außer der kompletten Mord- und Totschlagsermittlungsmannschaft befanden sich auch bereits der Gerichtsmediziner und der Staatsanwalt vor Ort.

Der Capitano kramte sämtlichen bissigen Humor aus seiner linken Hosentasche hervor (in der rechten ist dafür nämlich kein Platz, weil dort seine großkalibrige Beretta schlummert), als er einen Blick in den Heizöltank geworfen hatte und schnalzte genießerisch mit der Zunge: „Ich habe ja trotz meines jugendlichen Alters schon viel erlebt. Chilischoten in Öl, Knoblauchzehen in Öl, Oliven in Öl, getrocknete Tomaten in Öl. Aber Mann in Öl - das ist für mich nun wirklich eine völlig neue Geschmacksvariante. Aber immerhin ist der Sportsfreund perfekt eingeölt fürs nächste Sonnenbad."

Papagallo und Tuttipasti fischten den Körper aus dem halbvollen Tank und legten ihn auf einer Decke im Heizraum ab. „Doc, können Sie schon etwas sagen?" wandte sich Seppe Caldofredo ungeduldig an den Leichensäger.

„Genaueres wie immer nach der Obduktion, Capitano. Aber es lässt sich zumindest nicht sicher sagen, ob das Opfer im Öl ertrunken ist oder ob es schon bewusstlos in den Tank gestoßen wurde. Denn am Hinterkopf ist eine deftige Beule von einem Schlag mit einem dumpfen Gegenstand nicht zu übersehen. Wenn ich mich hier umsehe, lehnt zum Beispiel dort an der Wand eine lange Eisenstange. Vielleicht wollte er damit die Füllhöhe im Tank messen - weil er der Tankuhr nicht blind vertraute - und jemand hat ihn dabei tatkräftig unterstützt. Einen Unglücksfall möchte ich also auf Grund dieser Verletzung schon mal definitiv ausschließen. Alles weitere morgen."

„Scheinbar sind wir doch nicht umsonst hierher gereist", brummte Caldofredo. „Tuttipasti, hol jetzt die vermutliche Witwe zur Identifizierung her."

Claudia Vergine klappte zusammen wie ein echt Solinger Kartoffelschälmesser, als sie die vor Fett triefende Gestalt am Boden liegen sah. „Ja, das ist Luigi. Wie ist das nur möglich? Wir wollten doch morgen für ein paar Tage nach Kalabrien fahren und hatten schon ein Hotel mit Pool gebucht, weil er so gerne schwimmt. Und erst vorige Woche hat er eine hohe Lebensversicherung zu meinen Gunsten abgeschlossen, falls ihm bei seinem gefährlichen Dachdeckerberuf etwas zustoßen sollte."

„Nachtigall, ich hör dir trapsen", konnte sich Seppe nicht zurückhalten. „Wusste denn außer Ihnen noch jemand von dieser Lebensversicherung?"

„Ich habe zufällig mitbekommen, wie Luigi es seinem Kollegen Funghi erzählte. Massimo Funghi. Der hat übrigens schon mehrmals versucht, mich anzubaggern. Vergeblich natürlich, denn ich bin meinem Mann immer treu gewesen", fügte sie mit einem perfekten Hinterbliebenenaugenaufschlag hinzu.

„Also, Freunde, das übliche Programm. Fingerabdrücke, DNA-Spuren an der Eisenstange usw. usw. Dann schafft mir per Express diesen Massimo Funghi herbei und wenn ihr ihn aus einer Champignonzucht ernten müsst." Für alle, die der italienischen Sprache nicht mächtig sind: Funghi heißt so viel wie Pilz.

Besagter Massimo war kein hart gesottener Profikiller und so brauchte es nur exakt zwei Minuten und 13 Sekunden, bis er ein umfassendes Geständnis ablegte. Sobald die Lebensversicherung an Claudia Vergine ausbezahlt worden wäre, hätte er sich ihrer als *guter Freund* des Verblichenen angenommen und sich dann mit dem geerbten Geld der Witwe selbständig gemacht. Und wer wäre auch auf die Idee gekommen, dass Luigis Frau nichts Böses ahnend die Sache mit dem Tank ausplaudern würde? Des Täters Rechnung wäre also bestimmt aufgegangen, denn wer schaut schon unter normalen Umständen in einen noch halbvollen Heizöltank? Vermutlich hätte man die Leiche erst bei der obligatorischen Tankreinigung entdeckt. Normalerweise sagt man Dachdeckern ja gerne nach, dass sie des Öfteren *vom Hausdach in die Ewigkeit* fallen, aber dass sie sich in Öl einlegen...

Capitano Caldofredo konnte auch diesmal nicht darauf verzichten, ein sarkastisches Bonmot von sich zu geben. „Erratet mal, was es heute bei uns zum Abendbrot gibt: Sardinen in Öl!"

Hosen hoch oder es knallt!

Jeden Tag - pünktlich wie die Deutsche Bahn - führte die attraktive, gertenschlanke Gabriella Maiocotto ihre genauso rassige Labrador-Hündin auf den Feldwegen rund um Pizzapiccola spazieren. Ihr langes blauschwarzes Haar glänzte dabei mit dem Hundefell um die Wette.

Auch heute hatte sie um 16 Uhr ihre heimelige Wohnung in der Via Minestrone verlassen, um bei strahlendem Sonnenschein ihren Gedanken nachzuhängen.

Wer würde wohl diesmal auf ihre sehnsüchtige Bekanntschaftsanzeige im ´Mio Colorato´ antworten? Sie hatte es nach ihrer gescheiterten Ehe einfach satt, sich Tag für Tag alleine mit Hund und Fernseher in der Wohnung zu langweilen. Dabei pfeift ihr doch auf der Straße jeder Mann zwischen 18 und 85 nach. Nur, sie anzusprechen, das getraut sich keiner. Vielleicht ist sie doch zu perfekt geschminkt und das Röckchen zu kurz?

Auch wenn sie eine hervorragende Tänzerin ist, fühlt sie sich mit ihren 43 Jahren einfach zu erwachsen für die Disco, aber wiederum auch zu jung fürs nachmittägliche Seniorenschunkeln.

Sie verließ den gut frequentierten Hauptweg und folgte einem von Wiesenblumen und Hecken gesäumten Trampelpfad. Plötzlich fing ihr Hundemädchen Mina an zu knurren und heftig an der Leine zu zerren. Gleichzeitig trat hinter einem dichten Gebüsch ein Mann um die sechzig hervor. Kanariengelbes und zwei Nummern zu kleines Polohemd, blaue Markenjeans. Akkurat gescheitelte Frisur. Dabei pfiff er leise Rocco Granatas Italo-Hit *„Marina"* vor sich hin.

Nachdem sich Gabriella halbwegs vom ersten Schrecken erholt hatte, realisierte sie erst, dass aus dem geöffneten Hosenschlitz ihres Gegenübers ein strammes Teil hervorblitzte.

Es verschlug ihr die Sprache. Dabei hatte sie ja an sich überhaupt nichts gegen das allerwichtigste männliche Körperorgan einzuwenden, aber bitte doch lieber zuhause im gemütlichen Bett und auch nur dann, wenn sie es selbst auswählen durfte.

Also starrte sie nur hilflos auf den so freizügig zur Schau gestellten Zeugungsapparat und drehte sich angewidert um. Der Exhibitionist aber verstaute in aller Ruhe seinen besten Freund, schloss den Hosenladen und ging fröhlich pfeifend weiter.

„Ciao, Gabriella", begrüßte sie Capitano Caldofredo höchstpersönlich wie herzlich auf der Wache der örtlichen Kripo. Er strahlte selbstzufrieden, nachdem er sich soeben eine seiner Lieblingskrawatten umgebunden hatte.

Als sie ihm ihr Erlebnis in der freien Wildbahn geschildert hatte, machte er ihr wenig Hoffnung, dass der Täter leicht zu fassen sei, zumal es sich offensichtlich um keinen Einwohner des Städtchens handelte.

„Am besten, wir warten erstmal ab, ob das perverse Schweinchen nochmal einen Auftritt wagt", sagte der Polizeichef. „Dann werde ich ihm eine Falle stellen und du darfst dabei das Lockvögelchen spielen."

Ein paar Tage später, einem Mittwoch, drehte die zwanzigjährige Alessia Pesto ihre gewohnten Jogging- runden auf dem schönen Fitness-Parcours im kleinen Olivenwäldchen. Es gehörte zu ihren Ritualen, dass sie sich gleich nach der Arbeit um 16 Uhr den tägli- chen Stress aus Leib und Seele lief.

Als sie gerade an den Kletterstangen hing, kam ihr auf dem Waldweg ein Mann mit Trenchcoat und Hut entgegen. Bevor sie sich wundern konnte, wie man bei diesen Traumtemperaturen in Herbstbekleidung unterwegs sein kann, blieb der zirka Sechzigjährige plötzlich stehen, wandte sich ihr zu und öffnete weit seinen Mantel, wobei er einen italienischen Gassen- hauer pfiff.

Verdutzt registrierte die junge Frau, dass er unter seinem einzigen Bekleidungsstück, wenn man vom Hut absah, völlig nackt war. Ob sie wollte oder nicht, sie musste auf seine Körpermitte starren.

Mit einem glückseligen Lächeln im Gesicht fing der einsame Wanderer daraufhin an zu onanieren.

Inzwischen hatte sich Alessia von ihrer Überra- schung erholt. Sie war noch nie auf den Mund ge- fallen und so sprach sie den spätpubertären Selbst- befriediger flapsig an: „Na, Oldie, auch fleißig beim Trainieren?"

Mit einer derart schnoddrigen Reaktion hatte der Exhibitionist wohl am allerwenigsten gerechnet. Rasch schloss er vor sich hinbruddelnd seinen Man- tel und trollte sich mit raschen Schritten in die entge- gengesetzte Richtung.

Alessia aber erzählte ihre Story abends ihren Freundinnen, die daraufhin spontan beschlossen, ihr bei den nächsten Joggingrunden Gesellschaft zu leisten. Diesen Spaß wollten sie sich auf keinen Fall entgehen lassen. Sicherheitshalber informierten aber auch sie die örtliche Polizeistation.

Sarah Marmelada hatte Besuch von ihrer Jugendfreundin Federica bekommen. „Mein Gott, Federica, wann haben wir uns denn das letzte Mal gesehen?"

„Es wird wohl dreißig Jahre her sein, bella mia", antwortete diese und nahm die andere liebevoll in die Arme. „Oh, Ragazza, was haben wir damals gemeinsam angestellt! Kein Papagallo war vor uns sicher."

Sie scherzten und schwelgten in Erinnerungen, während sie an dem naturbelassenen Ufer des derzeit ausgetrockneten Flüsschens Inonda entlang spazierten. Anschließend wollten sie sich im *"Mezzo Litre"* einen Cappuccino gönnen.

So vertieft in ihre gemeinsamen Jugenderinnerungen, bemerkten sie erst im letzten Moment, dass hinter dem üppig wuchernden Gestrüpp ein Mann um die Sechzig hervortrat. Zuerst vermuteten sie, dass er austreten war, zumal er fröhlich ´Marina´ vor sich hinpfiff. Erst als sie entdeckten, dass er die Hosen heruntergelassen hatte und auch keinerlei Anstalten machte, diese wieder hochzuziehen, ging ihnen ein Licht auf.

„Madonna, das ist ein Perverser", gluckste Federica und konnte sich das Lachen kaum verkneifen. „Wir bekommen hier eine Live-Show geboten und auch noch ohne Eintritt zu bezahlen."

„Ciao, Signore", sprach sie den Exhibitionisten an, „Sie können gerne am Montag in meine Urologie-Praxis kommen, dann schauen wir mal nach Ihrer Prostata. Mit allem Drum und Dran. Inklusive Mittelfinger durch den Hintereingang. Sprechzeiten 8 bis 12 Uhr."

Sara wollte ihrer Freundin natürlich nicht nachstehen und fügte hinzu: „Oh piccolo mio, hast du Pippi gemacht und bekommst dein Höschen nicht mehr alleine hoch? Komm her, deine Mamma wird dir helfen und dann ziehen wir auch noch eine frische Pampers an."

Während die beiden Freundinnen sich vor Lachen schüttelten, stürzte plötzlich hinter einem anderen Gebüsch Capitano Giuseppe Caldofredo hervor, in der Hand seine überdimensionierte Beretta bedrohlich schwenkend: „Habe ich dich endlich auf frischer Erregungstat erwischt, porco dio. Hosen hoch, oder es knallt!" rief er im Befehlston eines Unteroffiziers bei der Grundausbildung, wobei er noch kurz den perfekten Sitz seines Krawattenknotens prüfte. „Du bist gemeinsam mit deinem Spaßbeutel hiermit wegen Erregung des öffentlichen und auch meines Ärgernisses festgenommen!"

Verzweifelt suchte er am Hosengürtel nach einer passenden Handschelle. Da er aber in seiner Sammlung nichts für solche Kleinigkeiten fand, packte er den Täter kurz entschlossen an seinem hervorstechendsten Körperglied und zog ihn hinter sich her.

Mit diesem glanzvollen Auftritt wurde der Capitano bei der Tombola der jährlichen Winterfeier vom örtlichen Gesangverein unter Absingen des ewigen Hits „Marina" zum Ersten Preisträger vorgeschlagen.

Poker ist die einzige Gelegenheit, die es erlaubt, Damen ungestraft wegzuwerfen

Samuele Coppa ist Außendienstmitarbeiter bei der Sanitär-Firma *„Dreck weg!",* die europaweit ihre exklusiven Klospülungen vertreibt. Reich ist er damit nicht geworden, dennoch hat es ihn noch nie in ein Spielcasino oder die Wettbüros bei Pferderennen getrieben; sogar die Annahmestelle für Lotto und Toto lässt er verächtlich links liegen. Man könnte ihn also getrost auf eine Stufe mit den Schotten stellen, wobei diese angeblich derart geizig sind, dass sie auch noch die abgelegten Karo-Röcke der Oma bei Dudelsack-Wettbewerben auftragen. Oder mit den Schwaben, die es dank „Schaffe, schaffe, Häusle baue" aber immerhin zu einer oder mehreren der lebenslang herbeigesehnten Immobilien bringen.

Auch Samuele Coppa schläft seit drei Jahren an seinem Wohnort Palermo in den eigenen vier Wänden inklusive Vorgarten mit Zitronen- und Orangenbäumchen sowie 1,8 ar Nutzgarten (Radicchio, Peperonchini, Tomaten und Zucchini) den Schlaf der Gerechten. Nur noch 324 Monate, dann hat er im zarten Alter von siebenundachtzig Jahren sowohl Erste Hypothek als auch drei Bauspardarlehen getilgt.

Und ausgerechnet jetzt muss ihn seine rechtmäßig angetraute Ehehälfte Rebecca verlassen. Wegen diesem Sesselfurzer und Korinthenkacker Fabrice

Ovatta vom gemeinsamen Kegelclub „Tutti Nove". Begründung: Er sei nicht mehr charmant und zärtlich zu ihr. Dabei war er dies zu Hause noch nie gewesen. Doch alles Schimpfen hilft nichts. Er muss wohl oder übel irgendeine Geldquelle anbohren, sonst würde er demnächst sein gemütliches Bett gegen eine recht ungemütliche Nische unter der Ponte Michelangelo eintauschen.

Als er sich an diesem Abend sein streng limitiertes Wochenbier im „Dacapo" gönnt, wird er zufällig Zeuge eines Gesprächs zwischen zwei mittelalterlichen Männern, die vermutlich über seine Finanzprobleme nur müde gelächelt hätten. Während der eine mit der Rolex am Arm, handsignierter Seidenkrawatte von Armani und Lamborghini-Schlüssel auf der Theke protzt, steckt der andere in einem Maßanzug aus feinstem englischem Zwirn. Auf seinem Schoß räkelt sich quasi als Zugabe ein Stück Weib, bei deren Anblick selbst Arnie Schwarzenegger Atemnot bekommen würde.

„Du, gestern war ich mal wieder bei den Gattas zum Privat-Poker, erzählt der Rolexträger. „Ich hab richtig abgesahnt. Fünfzig Riesen und die Selina hab ich noch als Dreingabe bekommen." Zur Bestätigung klatscht er der geschenkten Signorina auf die pralle Kehrseite. „Komm doch auch mal wieder mit. Leichter kannst du doch gar nicht zu Kohle kommen. Und dann die Scheinchen ins Köfferchen und frei nach *Methode Hoeneß* steuerfrei ab in die Schweiz."

„Entschuldigung, dass ich Ihr Gespräch mithörte", mischt sich Samuele ein. „Aber das würde mich auch interessieren. Muss ich da Clubmitglied sein und Vorkenntnisse haben? Ich bin nämlich absoluter Laie in Sachen Glückspiel."

„Ach was", beruhigt ihn der Maßgeschneiderte. „Ich hatte früher auch keine Ahnung vom Kartenlegen. Das lernt man ganz schnell beim Zugucken. Wissen Sie was? Wir schleppen Sie einfach heute Abend mit. Womöglich haben Sie sogar Anfängerglück. Ich schlage vor: Treffpunkt 22 Uhr hier vor der Cantina."

Coppa kann es kaum erwarten, dass sich der Zeiger an seiner Zehn-Euro-Aldi-Uhr auf die vereinbarte Zeit einpendelt. Er hat sogar außer der Reihe geduscht und sich mit 20 ml Davidoff besprüht. Die Zuckerdose im Küchenschrank plünderte er um drei mühsam zusammengesparte Hunderter.

Das Trio erwartet ihn bereits und zum ersten Mal im Leben darf er in einem Lamborghini Platz nehmen.

An einem halb verfallenen Haus in der Via Luciano wird ihnen auf ihr Klingeln sofort geöffnet, nachdem sich eine attraktive Frau durch ein Guckloch über die Besucher informiert hatte.

„Signora Gatta, darf ich Ihnen einen Freund vorstellen: Samuele Coppa. Er möchte auch gerne einmal mitgamblen."

„Herzlich willkommen, Signore", sagt die Hausherrin, wobei sie das Grüppchen eine Treppe hinab in einen nobel eingerichteten Raum führt, wo bereits drei Männer um einen halbrunden Tisch sitzen.

„Das ist Signore Coppa, der auch sein Glück versuchen möchte. Ihr anderen kennt euch ja bereits. Und das hier ist mein Mann", wendet sich die Gastgeberin an Samuele und deutet auf einen bulligen Glatzkopf.

„Wir spielen heute *Caribbean Stud Poker*" erklärt sie. „Mindesteinsatz fünfzig Euro."

Samuele schaut erst einmal zu und ist schon bald fasziniert vom Spiel. So einfach kann man also mit ein bisschen Glück zu Geld kommen. Die Gewinne und Verluste der Zocker-Runde halten sich in etwa die Waage. Mal gewinnt einer der Spieler, mal die Bank.

Nun hält es ihn nicht länger in der Zuschauerrolle und er legt seinen Mindesteinsatz auf das dafür vorgesehene Feld. Er traut seinen Augen kaum, als er gleich beim ersten Blatt fünf Pik-Karten auf die Hand bekommt. Ein *Flush*, erklärt man ihm.

„Sie sind ja ein wahres Glückskind, Signore Coppa", freut sich die Dealerin mit ihm und zahlt ihm einen Gewinn von dreihundert Euro aus. Und so geht es weiter. Während die anderen am Tisch meist leer ausgehen, hat er bereits nach einer Stunde 1.500 Euro gescheffelt. Mamma mia, das ist ja ein halber Monatslohn! Steuerfrei, ohne Abzüge.

Er wird mutiger und erhöht seinen Einsatz. Und plötzlich hält er vier Damen in der Hand. Donnerwetter! Damit muss er ja gewinnen. Strahlend wirft er seine Damen auf den Tisch, während sich Signorina Gatta kurz bückt, um ihr heruntergefallenes Taschentuch aufzuheben.

„Tut mir wahnsinnig leid für Sie, Signore Coppa", bedauert danach die Dealerin, „aber diesmal bin ich noch besser: Royal Flush!" Und sie zeigt ihnen Ass, König, Dame, Bube und Zehn in der Farbe Karo.

In diesem Moment erheben sich der Rolexträger, der Maßgeschneiderte und die flotte Selina von ihren Plätzen und ziehen Ausweise aus ihren Taschen. „Das Spiel ist aus, Signorina Cappa! Darf ich vorstellen: Agente Tuttipasti, Kriminalanwärterin Gergo und ich bin Capitano Caldofredo. Abgeordnet von der Kriminalpolizei in Pizzapiccola. Fünf Damen in einem Spiel sind nun mal zu viel des Guten. Wir haben Sie ja bereits über längere Zeit als Mitglieder dieser fröhlichen Spielrunde observiert und Signore Coppa als blutiger Anfänger durfte jetzt - seiner Rolle völlig unbewusst - den Lockvogel spielen.

Natürlich fiel uns schon lange auf, dass Sie im richtigen Moment immer noch eine passende Spielkarte in petto haben. Und wie wir inzwischen wissen: Versteckt in Ihrem BH. Immer, wenn Sie sich zufällig bückten oder abwandten, weil vielleicht das Handy klingelte, zauberten Sie flugs wieder die fehlende Gewinnkarte aus Ihrem Ausschnitt. Wenn jetzt unsere Kollegin an dieser Körperregion eine Leibesvisitation startet, findet sie bestimmt noch eine ganze Auswahl dieser Reserve-Karten."

„Schade für Sie", wendet sich Giuseppe Caldofredo an Samuele. „Da wir aber Ihre angespannte finanzielle Situation kennen, drücken wir diesmal sämtliche Augen zu und Sie dürfen Ihre Gewinne ausnahmsweise behalten. Das Ehepaar Gatta aber und die anderen Teilnehmer der Pokerrunde dürfen sich auf eine Anzeige wegen illegalem Glücksspiel freuen und von mir aus im Knast weiterpokern. Ganz ohne Gewinne."

Als die *Achter*bahn bereits nach *sieben* Runden schlapp machte

Im zarten Jünglingsalter von sechzehn Jahren hatte Eugenio Mascarpone drei Wünsche: Beruflich einen Dienst-Ferrari mit 493 PS zu fahren, die flotte Nachbarin Emilia jeden Samstag außerehelich flachzulegen und einmal im Leben mit einer Achterbahn zu fahren.

Nachdem dem Koks- und Schnee-Großhändler und bekannten Kotzbrocken al dente eine gütige Fee im Laufe seines Daseins die ersten beiden Wünsche in vollem Umfang erfüllte hatte, waren seine in tiefer Vorfreude auf sein baldiges Ableben verbundenen Erben übereingekommen, zu seinem demnächst anstehenden 90. Geburtstag ihr Taschengeld zusammenzulegen und ihm ein Premium-Ticket für eine Achterbahnfahrt zu sponsern.

Jedes Jahr aus Anlass der Pubertät des Heiligen Sankt Calamare wird in Cefalù ein großer Vergnügungsmarkt aufgebaut, was die Bevölkerung der weiteren Umgebung mangels anderer Unterhaltungsmöglichkeiten in Massen anzieht. Neben einer Schießbude und einem Kinderkarussell lockt vor allem eine hochbetagte Achterbahn, also ähnlich dem in Unehren ergrauten Mascarpone.

Eugenio umarmte seine Erben in spe stürmisch und vor lauter Dankbarkeit flossen Bäche von Freudentränen seine faltigen Wangen hinab.

Als endlich das Pubertätsjubiläum des Heiligen im Kalender prangte, enterte er mühevoll seinen Ferrari-Jahreswagen und erreichte von vielen Neidern begafft das Jahrmarktgelände, wo er noch einen für Blinde, Lahme und Impotente reservierten Parkplatz fand. In seinen Feiertagsanzug gewandet schritt er mit stolzgeschwellter Brust zum Ziel seiner jahrzehntelangen Begierde. Nach langem Suchen entschied er sich für den ersten Wagen in der langen Achterbahnschlange und zeigte der Kontrolleurin - in der er seine verhutzelte Nachbarin Egozentra Scaloppina erkannte - seine Freikarte vor.

„Eugenio, du hier?" lispelte sie mit ihrer von andauernder Enthaltsamkeit geschwächten Stimme, die so gar nicht zu ihren ausladenden Hüften passte. „Pass aber gut auf dich auf, du bist ja schließlich nicht mehr der Jüngste."

„Wenn ich scharf auf dich wäre, du Milchziege", konterte Eugenio, „würde ich dich ja zur Mitfahrt einladen. Aber dies hier ist ja schließlich keine Geisterbahn."

Er schnallte sich an und los ging die wilde Fahrt. Die Wagen holperten und stolperten über die ausgefahrenen Gleise bergauf und bergab, was vor allem von den mitfahrenden Signoras mit lautem Gekreische begleitet wurde.

Eugenio Mascarpone aber genoss dieses herrliche Gefühl der Schwerelosigkeit, auf das er sich nun achtzig Jahre gefreut hatte. Runde um Runde absolvierte das ebenso ächzende wie altersschwache Belustigungsgefährt, bis es sich endlich zum vorletzten Mal die Anhöhe hinaufquälte. Um - genau am höchsten Punkt angelangt - alle weiteren Dienste zu verweigern.

Zuerst dachte Eugenio, dieser Streik sei einkalkuliert, um lediglich den Fahrgästen eine tolle Sicht auf die Umgebung zu gönnen. Als die Bahn nach einer halben Stunde aber immer noch an derselben Stelle verharrte und auch die anderen Vergnügungssüchtigen hinter ihm allmählich ungeduldig wurden, wurde ihm bewusst, dass hier etwas faul im Staate Sicilia war.

Sollte etwa die Geisterbahn-Aspirantin die Maschine abgeschaltet haben, um sich an ihm für all die Jahre der Nichtbeachtung zu rächen? Oder hatte der Betreiber der Bahn womöglich die Stromrechnung nicht bezahlt? Vielleicht hatte aber auch die Presse von seinem runden Geburtstag Wind bekommen und wollte ihm eine ausgedehnte Gratulationstour widmen. Mit einem Foto samt passendem Untertext „Signore Mascarpone auf der Höhe seiner Macht"?

Sei´s drum. Ihm fielen jedenfalls plötzlich alle Sünden ein, die er in seinem Leben begangen hatte beziehungsweise noch vorhatte zu begehen. Sämtliche Heiligen flehte er in alphabetischer Reihenfolge um Beistand an und er erklärte sich sogar schwersten Herzens dazu bereit, fünf Euro gegen Spendenbescheinigung für die neue Kirchenglocke locker zu machen, wenn er nur aus seiner misslichen Lage befreit würde.

Doch die Achterbahn tat keinen Ruck auf Runde Nummer sieben. Weder vor noch zurück noch seitwärts.

Das konnte man mit ihm aber nicht machen. Nicht mit Eugenio Mascarpone! Und so öffnete er genauso wutentbrannt wie wild entschlossen das Seitentürchen des Waggons und lenkte seine Schritte selbstbewusst ins Freie. Und schritt und schritt ... und fiel schließlich aus der ach so heiß begehrten Achterbahn in tiefe Ewigkeit.

Der eiligst herbeigerufene Capitano Caldofredo hatte - dem Anlass geschuldet - rasch die für derlei Gelegenheiten reservierte Krawatte mit den weißen Geiern auf schwarzem Untergrund umgegürtet und machte sich an die penible Untersuchung des Achterbahngeländes. Mascarpone jedoch schnaufte bereits in den allerletzten Zügen. Das linke Auge war bereits verendet, mit dem rechten blinzelte er Seppe verschwörerisch zu: „Falls du noch einen Ferrari brauchst, schenke ich dir meinen für 220.342,85 Euro in bar". Das war nun endgültig das letzte, was man von Eugenio zu hören bekam, während aus den Lautsprechern Helene Fischers Achterbahnsong plärrte. Um ganz sicher zu gehen, schoss ihm aber der Kripochef noch eine Ladung von hundert Schrotkörnern in den linken Fuß. Nun konnte die auf Normalmaß geschrumpfte Leiche des Signore Mascarpone endgültig zur Entsorgung freigegeben werden.

Seine überglücklichen Erben aber ließen es an nichts fehlen und von tiefer Dankbarkeit erfüllt in seinen Grabstein meißeln:

„Verkündet sei`s aus frohem Munde:
Er drehte seine letzte Runde!"

Tango mortale

„Seppe, du musst sofort herkommen", dröhnte das Organ seines alten Spezis Salvatore Di Farfalle - allen Insulanern besser bekannt unter seinem Spitznamen „Pasta" - mit Überschall aus dem Hörer, sodass Capitano Caldofredo auf der Stelle an Tinnitus erkrankte. „Deine Spürnase inklusive Adlerauge sind gefragt".

„Solltest du altes Trüffelschwein etwa einen Kadaver in irgendeinem Weinkeller erschnuppert haben?", schrie Giuseppe zurück.

„Mit dem Keller liegst du noch nicht mal so sehr daneben. Einen meiner Auftraggeber hat es erwischt. Also sattele deinen Fiat Punto-Verschnitt und gib ihm die Sporen. Du findest mich im Corso Montepulciano Nummer 17. Beeile dich und bring deine Gummistiefel mit!"

Donnerwetter! Sein Privatdetektiv-Kumpel musste wirklich tief im Sumpf stecken, wenn er ihn so inständig anflehte. Aber falls es sich um ein Gewaltverbrechen handelte, war er ja sowieso zuständig.

Er band sich rasch eine neue Krawatte um und schloss das Verdeck an seinem Dienst-Ferrari, um ein paar Liter Sprit zu sparen. Fettucine, den Wohn- und Dienstort von Pasta, erreichte er so in schlappen zwei Minuten und 23 Sekunden. Bereits von weitem erspähte er den Tatort aufgrund der Menschenmenge, die hinter einem rot-weißen Flatterband aufgeregt diskutierte.

Salvatore erwartete ihn bereits in Gesellschaft eines wohl proportionierten Wesens, das in Pulli und Rock steckte, die beide aus Versehen im Wäschetrockner auf Kleinkinderformat geschrumpft waren.

„Meine Mitarbeiterin Mina Costoletta", stellte der Privatschnüffler vor. „Sie hat ganz außergewöhnliche Talente", was Caldofredo auch in keinem Augenblick bezweifelt hätte.

Die beiden führten ihn ins Haus. „Unten im Hobbyraum. Kein schöner Anblick, Seppe. Auch nicht für hartgesottene Kriminaler. Und tritt bitte nicht auf die Fußspuren."

„Brutus Lametta, 47, verheiratet, keine Kinder, Steuerklasse 3, römisch-katholisch", informierte ihn die Engberockte.

Der Anblick des Opfers war in der Tat nichts auf nüchternen Magen. Nackt, mit beiden Händen an Wandhaken aufgehängt. Ab dem Bauchnabel abwärts war der Unterleib aufgeschlitzt und seine ehemals stolzen männlichen Symbole fehlten völlig. Eine riesige Blutlache unter der Leiche. Das reinste Schlachtfest.

„Sieht ganz nach einer Eifersuchtstat aus, Capitano. Seine Frau hat ihn gefunden. Der Dottore hat ihr ein Beruhigungsmittel verabreicht. Angeblich besuchte ihr Göttergatte zusammen mit ihrer besten Freundin einen Tanzkurs für Fortgeschrittene. Vielleicht ist es ja nicht beim Walzer-Grundschritt geblieben und das Paar hat sich anschließend noch im

Bettchen weitergewalzt", weihte ihn Pastas herrlich verpackte Mitarbeiterin ein.

„Wir haben die flotte Tanzpartnerin übrigens hier. Darf ich vorstellen: Signorina Erica Cavallo. Sie hat auch bereits zugegeben, dass sie mit dem Erbleichten ein Techtelmechtel hatte und dass sie vor ein paar Tagen von ihrem Mann beim Nachhilfeunterricht in flagranti erwischt wurden. Allerdings sei dieser spurlos verschwunden", ergänzte der Detektiv.

Die fortgeschrittene Tänzerin weinte indessen bitterlich vor sich hin, sodass Seppe schon gewillt war, einen großen Wassereimer für ihre Tränen zu organisieren. „Ich kann es einfach nicht glauben, dass mein Paolo zu so etwas fähig sein soll. Er hat mir ja auch nie Vorwürfe gemacht. Wegen dem bisschen Sex den Brutus einfach abzumurksen. Ein bisschen Spaß will man doch schließlich auch noch haben. Das kannst du ja am besten verstehen, Rita", wandte sie sich an ihre intimste Freundin. „Du hast es doch schließlich auch mit anderen Kerlen getrieben, wenn dein Brutus auf Schicht war."

Das waren ja schöne Abgründe, die sich da auftaten. Insgeheim überschlug Capitano Caldofredo, wie oft er selbst wohl schon einen ähnlichen Tod hätte erleiden müssen, wenn man ihn jedes Mal wegen solcher Lappalien bestraft hätte. „Entschuldigt mich bitte einen Moment, aber es ist an der Zeit, mir eine neue Krawatte umzuschlingen."

„Harakiri würde ich im vorliegenden Fall ausschließen. Oder was meinst du, Seppe?" fragte Di Farfalle.

„Wir haben auch weder ein Schlachtermesser noch eine Schere oder einen Spiegel vorgefunden. Zumal wir uns ja im Hobbyraum befinden. Und dort tut man ja in der Regel nur Dinge, die richtig Spaß machen."

„Bitte treten Sie nicht auf die Fußspuren, Capitano", warnte ihn auch nochmals ein Kollege des dortigen Polizeireviers, nachdem der Kripo-Chef inzwischen seine adidas-Gummistiefel angezogen hatte.

„Seppe, hast du so etwas schon mal gesehen? Da ist doch tatsächlich jemand - höchstwahrscheinlich der Täter - mit seinen Schuhen mitten durch die Blutlache gestapft. Und fast scheint es mir, als wolle er damit eine Botschaft hinterlassen", schüttelte Pasta ratlos den Kopf.

„Leute, ich glaube, ich hab`s", frohlockte die fleischgewordene Schnüffler-Assistentin, die auch unpaniert durchaus ein leckeres Bild abgab. „Die Spuren stellen eine Tanzfigur dar. Das ist ganz klar die Promenade beim Tango. Kommen Sie in meine Arme, Capitano und wir beide zeigen euch, wie das in natura aussieht. Ohne Blut natürlich! Auf geht`s. Langsam-schnell-schnell-langsam! Der reinste Kriminal-Tango".

„Bravo, Mina, du bist ein Ass! Manchmal kann man tatsächlich sogar von euch Frauen noch etwas lernen. Hätte ich bloß damals den Tanzkurs wegen meinem Ischias-Schaden am linken Knie nicht abgebrochen". Dieses Lob ihres Chefs machte Mina ganz verlegen; das roch ja geradezu nach einer Gehaltserhöhung.

Sandro Cavallo hatte uns doch tatsächlich sein Geständnis per Tango-Promenade frei Haus geliefert. Und einen Tag später verständigte uns die Autobahnpolizei, dass ein Mann dieses Namens in seinem Wagen mit hoher Geschwindigkeit kurz vor Messina gegen einen Brückenpfeiler gerast war. Als man ihn fand, habe der auf wundersame Weise unzerstört gebliebene CD-Player den Schmuse-Tango „O mia bella Napoli" gespielt.

Eine leicht überhitzte Lava-Kaffeefahrt

Nach einem stressigen Vier-Stunden-Arbeitstag konnte Giuseppe Caldofredo reichlich erschöpft seinen Ferrari GTI auf dem zwei Hektar großen Abstellplatz einparken, um sich danach zum hochverdienten Relaxen auf dem XXL-Sofa auszustrecken.

Doch gerade als er sich süßen Träumereien hingeben wollte, stürmte seine ihm sowohl standesamtlich als auch kirchlich angetraute Gattin Mimicrema ins Wohngemach, in der Hand triumphierend einen Brief schwenkend.

„Seppe, was haben wir nur für ein Glück! Du hast eine Reise gewonnen. Für dich samt Begleitperson mit dem Bus zum Ätna. Da wolltest du doch schon immer mal hinfahren."

In der Tat hatte es der Chef des örtlichen Kriminalpolizei-Präsidiums bisher nie geschafft, von Pizzapiccola aus sein rotes Cabrio auf die lediglich 80 Kilometer entfernte bescheidene Anhöhe seines Heimatvulkans zu steuern. Eine Strecke, die im zweiten Gang problemlos in neun Minuten zu schaffen war. Aber immer kam irgendetwas Dienstliches dazwischen.

So wie heute, als sich die Signora Dall`Aqua wieder einmal über drei Portionen Hundekot in ihrem Vorgarten beschwerte, beim Dorfmetzger sich ein Schwein schwer verletzte, als es vom Schlachterhaken fiel oder die 33-jährige Tochter des Apothekers ihre Unschuld verlor, ohne sie trotz intensiver Suche wiederzufinden. Um alles musste er sich selbst kümmern. Und das als Capitano. Schließlich hatte er Wichtigeres zu tun. Zum Beispiel akkurat innerhalb einem bestimmten Zeitrhythmus seine Seidenkrawatte zu wechseln.

Mimicremas Gesicht glühte vor Aufregung. „Stell dir vor, wir beide im Ausflugsbus zur Kraterbesichtigung. Gourmet-Mittagessen, Tanz und Verkaufsveranstaltung in einem Gartenlokal mit direktem Ätna-Blick eingeschlossen. Außerdem bekommt jeder Teilnehmer 10 Eier, einen Regenschirm, eine Großpackung Tampons, 1 Pfund Butter, einen Bund Radieschen, 3 kg Spaghetti und ein halbes Schwein. Ich habe uns bereits angemeldet. Der Bus holt uns morgen früh um 8 Uhr an der Haltestelle bei Gianni ab. Bitte genehmige dir also sofort einen Tag Sonderurlaub."

Das zählte tatsächlich zu den Annehmlichkeiten seines Führungsjobs: Als Capitano durfte er über bestimmte Privilegien selbst entscheiden.

„Va bene, Mimicrema, vielleicht kann ich dabei sogar das Angenehme mit dem Nützlichen verbinden, denn man hört so einiges Negative über diese so genannten Kaffeefahrten."

Pünktlich zur angegebenen Zeit standen sie mit weiteren achtundvierzig Auserwählten an der einzigen Bushaltestelle ihres Wohnortes. Die Paare vorwiegend im Rentenalter hatten in Erwartung der avisierten Gewinne große Taschen und Rucksäcke dabei und die freudige Erregung ließ sich geradezu mit Händen greifen.

Endlich knatterte ein reichlich betagtes Gefährt, das man wohl auf dem Antikmarkt von Malta ersteigert hatte, von einer Dieselwolke umhüllt um die Ecke und hielt mit einem Bremsweg von zirka einhundertzwanzig Metern vor den Passagieren an, die es begeistert begrüßten.

Nach vier Stunden Schleichfahrt durch die auffallend leblose Landschaft erreichte man das angebliche Drei-Sterne-Restaurant, wo man sofort von einem Trio ins Innere geschleust wurde - wie eine Schafherde in ihren Pferch.

Der Ausflugschef begrüßte die von der Glücksgöttin verwöhnten Gewinner der Reise auf das herzlichste mit der Anmerkung, dass das exquisite Mittagsmahl direkt im Anschluss an eine kurze Warenpräsentation stattfinden würde. Dann stellte er ein Individuum mit höchst verdächtigem Frettchengesicht als Dottore Antonio Cozze vor, der nun sämtliche Gäste auf etwaige Gesundheitsschäden prüfen werde.

Die Anwesenden mussten daraufhin ihre Hände auf eine Metallscheibe legen. Sofort fingen die Finger an, heftig zu zittern, was nach sachkundiger Aussage des Dottore auf einen unmittelbar bevorstehenden Herzinfarkt schließen ließe. Dem könne man jedoch ohne jegliche Medikamente entgegenwirken, indem man die zufällig vorrätige Magnetdecke hier und heute zum absoluten Schnäppchenpreis von 1.428,17 Euro erwerbe.

Und tatsächlich stürzten sich 97,36 Prozent der extrem Gefährdeten auf das Wunderheilmittel, zogen Bündel mit Bargeld aus der Hosentasche und freuten sich wie Kleinkinder an Weihnachten nach der Bescherung.

Nach dieser für die Veranstalter so erfolgreich verlaufenen Aktion wurde endlich das mehrgängige Menü angekündigt. Immerhin schwammen in der „köstlichen" Minestrone drei Scheiben Möhren und Seppe zählte außerdem siebeneinhalb Erbsen und einige Kartoffelwürfel. Da aber fast jeder dem Hungertod nahe war und die Magnetdecke vor diesem bedrohlichen Zustand nicht schützen konnte...

Als Hauptgang folgte eine „delikate" Currywurst mit Pommes an Ketchup-Sauce, danach zum Dessert eine Kugel Mozzarella-Eis und als krönender Abschluss ein Espresso, bei dem sich jeder bundesdeutsche Kaffee-Importeur schamviolett abgewendet hätte.

Bevor der „Reiseleiter" aus dem Trio nun zur Ätna-Besteigung einladen konnte, wurde dringend noch ein vorheriger Toilettenbesuch empfohlen. Da jedoch das Sterne-Lokal nur einen einzigen Hort der Erleichterung zu bieten hatte, zog sich dieser Event nochmals um zwei Stunden hin.

Endlich durften alle zum Höhepunkt der Reise aufbrechen. Ein für Fußkranke und Demente beschwerlicher Marsch von siebenundachtzig Metern zum Vulkanrand begann.

An einem Mini-Lava-Strom bewies der Truppführer, welche Temperaturen im Erdinneren schlummern, indem er ein rohes Ei in die rotglühende Hitze warf und kurz darauf als Spiegelei erntete, was heftige Bewunderungsrufe der Ausflügler auslöste.

Giuseppe Caldofredo hatte die gesamte Vorführung bisher schweigend registriert. Doch war jetzt der Zeitpunkt gekommen, wo die Hand des Gesetzes einschreiten musste. Solche Gauner, die betagten Mitbürgern rücksichtslos ihre kärgliche Rente aus dem Portemonnaie zogen, gehörten hinter Gitter. Da er dummerweise versäumt hatte, zwei Krawatten zum Wechseln mitzunehmen, erreichte seine Stimmung sowieso den Siedepunkt.

„Policia! Capitano Caldofredo!", rief er mit einer Stimme, die an fernes Donnergrollen eines aufziehenden Gewitters erinnerte und zerrte zur drohenden Unterstreichung seiner Worte auch die siebenundzwanzigschüssige Beretta aus dem Halfter. Das Frettchengesicht des falschen Dottore überzog sich mit einer zwei zentimeterdicken Schicht Angstschweiß und er wich mit schlotternden Beinen immer weiter zurück. Für ihn leider zu weit, denn urplötzlich war er wie vom Erdboden verschwunden. Mit einem grässlichen Schrei stürzte er in den Schlund des Vulkans und erst nach zirka zwei Minuten hörte man seinen Aufprall auf dem Boden. Die beiden Restmitglieder des Schurkentrios nahmen die Beine in die Hand und ergriffen die Flucht nach vorne auf Nimmerwiedersehen.

Zurück im Drei-Sterne-Lokal beschlagnahmte Seppe umgehend die Kasseneinnahmen aus dem Magnetdecken-Verkauf und verteilte sie an die für alle

Zeiten geheilten Kaffeefahrtteilnehmer. Damit sie aber nicht mit völlig leeren Taschen und Rucksäcken den Rückweg antreten mussten, wurden auch die so vollmundig angepriesenen Gewinne an Lebensmitteln und Gebrauchsartikeln ausgehändigt. Da also jeder Fahrgast außerdem noch mit einem halben Schwein den Bus bestieg, war dieser wie man sich denken kann - bei der Rückfahrt voll belegt.

Obwohl Seppe immer noch dieselbe Krawatte trug, fielen ihm die Damen voller Dankbarkeit um den Hals (die Herren herzten Mimicrema) und sangen aus voller Brust die ganze Strecke „Seppe, du bist mein Augenstern, Seppe, wir ham dich gar zu gern…".

Der Bauchredner, der an Blähungen litt

Jedes Jahr am ersten Wochenende im Juni findet in Lasagnegrande, dem Nachbarort von Pizzapiccola, ein großer Jahrmarkt statt. Man kann mit Fug und Recht behaupten, dass dies d e n Event überhaupt darstellt.

Auch für Giuseppe Caldofredo einer der eher seltenen Anlässe, mit der kompletten Familie dort aufzukreuzen und ganz nebenbei nach dem Rechten zu schauen. Mimicrema und die fünf Orgelpfeifen freuen sich auf die willkommene Abwechslung, endlich mal aus ihrem verschlafenen Heimatkaff herauszukommen. Zumal für jeden etwas geboten ist: Krämermarkt mit allem, was das Hausfrauenherz begehrt. Verpflegungsangebote im Übermaß und vor allem - nicht nur für die Kids - Schausteller. Jedes Mal muss Papa Seppe vor großem Publikum sein Geschick an den unterschiedlichsten Ständen beweisen.

Riesiger Beifall brandet auch diesmal wieder auf, als er an der Schießbude zielsicher aus der Hüfte bei fünf Teddybären voll in die Augen trifft. An der Wurfbude stülpt sich der Herr über sämtliche Blechdosen bereits bei seiner Annäherung schutzsuchend den Motorradhelm auf und bei der Verlosung zieht Giuseppe wie immer neben zwanzig Nieten den Hauptgewinn, nämlich eine Tonne Hundefutter für seinen psychisch labilen Kampfhund Adolfo.

Nachdem seine ihm angetraute Signora Mimicrema mit den Ragazzi sämtliche Fahrgeschäfte - vom Pferdekarussell über die Schiffschaukel bis zur Geisterbahn auf Belastbarkeit geprüft hat, schlägt Seppe einen Besuch des diesjährigen Highlights vor: In einem kleinen Zelt tritt ein Bauchredner auf. Noch nie hat Lasagnegrande einen solchen Künstler erlebt, weshalb die Kasse nonstop gestürmt wird und der Capitano nur durch Zeigen seines Dienstausweises sechs Ehrenplätze in der vordersten Reihe ergattert.

Gespannte Erwartung, bis endlich der Herr der zwei Stimmen samt Partnerin auf der improvisierten Bühne erscheint. Tosender Beifall empfängt die Beiden und die wenigsten ahnen, was sie erwartet.

„Buon Giorno, meine Damen und Herren und Kinder", tönt es aus dem geöffneten Maul der Steiff-Kuh. „Mein Name ist Nino Confetti, ich bin Bauchredner und das ist meine Freundin Gina, eine reizende Bio-Kuhdame aus weidegerechter Züchtung. Als er sich samt dem Kälbchen tief verbeugt, entfährt ihm ein äußerst menschlicher Ton aus den inwändigen Verdauungstrakten.

„Papa, nennt man das Bauchreden?" fragt ganz aufgeregt der kleine Pippino. „Natürlich nicht", antwortet ihm sein welterfahrener Vater, „das kommt erst noch. Warte geduldig ab."

„Wie eine Bauchtänzerin mit dem Bauch tanzt, so rede ich mit dem Bauch", erklärt der Maestro der staunenden Menge. Und deshalb lasse ich ab jetzt nur noch Gina zu Ihnen sprechen. Gina, sag den lieben Kindern: Wieviel ist zwei und vier?"

Die Weidekuh denkt lange nach, rechnet und schlägt mit ihrem Schwanz sieben Mal hin und her: „Sieben!"

„Falsch, Gina! Sechs. Gestern wusstest du es doch noch. „Ich hab aber keinen Sex", kommt es aus dem Maul der Stoffpuppe, worauf die männlichen Besucher im Publikum begeistert johlen und pfeifen, während sich die Signoras verschämt abwenden.

„Okay, mit dem Rechnen wird es heute wohl nichts", konstatiert Nino Confetti. „Probieren wir es stattdessen mit einem Gedicht. Denn im Reimen bist du ja erste Sahne."

Das pubertierende Kuhmädchen grinst schadenfroh, ehe es loslegt:

„Ich bin noch Jungfrau, sprach die Maid.
Doch so langsam bin ich`s leid."

„Ich muss mich entschuldigen, meine Damen und Herren, aber Gina ist heute leider ziemlich frech. Los, versuch es noch mal."

„Iss Krokodil, Hyäne, Ratte
und sofort steht dir deine Latte!"

„Ich glaube, ich gebe es auf". Der Maestro nimmt einen tiefen Schluck aus dem bereitstehenden Wasserglas und muht aus tiefstem Bauch: „Verabschiede dich wenigstens mit einem netten Lied von diesem zauberhaften Publikum."

Gina beginnt mit einem unnachahmlichen Augenaufschlag im Marschrhythmus zu singen:

„Auch Zebra muss am Zebrastreifen
vor einem Daimler Flucht ergreifen!"

„Meine verehrten Damen und Herren, Sie merken ja selbst, mit Gina ist heute überhaupt nichts anzufangen. Wenn Sie wollen, versuchen wir es im nächsten Jahr zur gleichen Zeit am selben Ort nochmals. Vielen Dank!"

Nino Confetti verbeugt sich samt Kälbchen Gina tief und … Sie ahnen natürlich schon, was passiert …

Und zwar so stark, dass selbst die Zeltleinwand flattert wie bei einem Taifun-Angriff. Fluchtartig verlässt der Redner aller Bäuche die Bühne. Plötzlich verzerrt sich sein Gesicht zu einer Grimasse, sodass kaum noch ein Unterschied zu seiner Kuh-Lady festzustellen ist und krümmt sich auf dem Boden, wobei er sich den für seinen Broterwerb doch unverzichtbaren Leib hält.

„Verdammt! Holt schnell einen Arzt. Ich habe wahnsinnige Bauchschmerzen."

Capitano Giuseppe Caldofredo hatte schon beim Bühnen-Abgang des Künstlers den vagen Verdacht, dass irgendetwas nicht stimmte und er stürmte mit gezogener Beretta hinter die Bühne.

„Ich glaube, man hat mich vergiftet", stammelte Confetti. „Vermutlich hat man mir etwas in mein Getränk gemischt."

Dann erlosch auch schon seine Stimme, als ob man einen Lichtschalter betätigt hätte und er verabschiedete sich von dieser Welt mit einem krachenden Furz, der alles bisher Dagewesene bei Weitem übertraf.

Der Autor

Rudi Hans Böhret
genießt sein zweites Leben als (Un-)Ruheständler und völlig smartphonefrei in der Drei-Flüsse-Stadt Bad Friedrichshall.

Neben seinem Hauptberuf eine jahrzehntelange erfolgreiche künstlerische Karriere als Aquarellmaler, Promi-Karikaturist, Fotograf skurriler Schnappschüsse, Songtexter und Autor von vierzehn heiter-satirischen Büchern.

Achtzig Ausstellungen - unter anderem gemeinsam mit Udo Lindenbergs Likörellen und Heiko Sakurais politischen Cartoons.

Er verfügt über ein schier unerschöpfliches Reservoir an Humor und zündenden Ideen. Bereits in Jugendjahren Mitglied des Kabaretts „Die Mittelreifen". Mitwirkung bei den „Strudelliteraten", einer Vereinigung von Literaturschaffenden.

Nebenberuflich jahrelang Inhaber einer florierenden Gastspieldirektion.

Auch ohne zusätzliche Aufzählung seiner breit gefächerten Hobbys zweifelt man keinen Moment an seiner kühnen Behauptung, dass man aus seinem rundum erfüllten Leben problemlos mindestens drei bis vier Normalbürger schnitzen könnte.

Bisher von Rudi Hans Böhret bzw. unter seinem Pseudonym Fabio Marotti erschienene Bücher mit ISBN-Nummer

(auch als eBook)

Besser vom Böhret gezeichnet
als vom Leben
vergriffen!

Deftig-derbe
Bauernsprüche
ISBN 978-3-8370-7476-5

Ene mene mu -
und tot bist DU!
ISBN 978-3-8334-7539-9

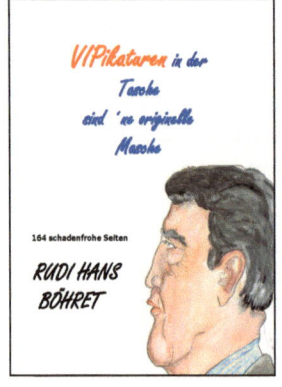

VIPikaturen in der Tasche
sind ne originelle Masche
ISBN 978-3-8423-1440-5

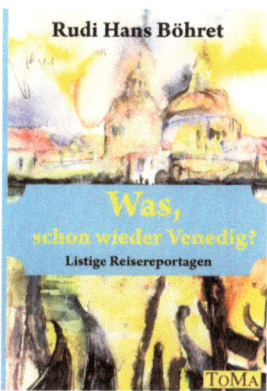

Was, schon wieder
Venedig?
ISBN 978-3-8619-6101-7

Es war kein
Hexenschuss
ISBN 978-3-8462-6743-9

Tausche Krähenfuß
gegen Lachfalte
ISBN 978-3-7322-4248-1

Keine Gnade für
Blondinen
ISBN 978-3-7322-8448-1

Liebe Grüße vom
Humpelstilchen
ISBN 978-3-7357-6316-7

Flotte Linse &
kesse Lippe
ISBN 978-3-7386-0335-4

gut abgehangen
ISBN 978-3-7347-6759-3

Euch schaffe ich auch noch
ISBN 978-3-8391-2808-4